Московіада

Юрій Андрухович

Московіада

Роман жахів

ЛЬВІВ
ВИДАВНИЦТВО СТАРОГО ЛЕВА
2023

УДК 821.161.2-31
А 36

Юрій Андрухович
А 36 Московіада [Текст] : роман / Юрій Андрухович. — Львів : Видавництво Старого Лева, 2023. — 232 с. — (Серія «Новітня класика»).

ISBN 978-966-448-089-2

Дні молодого українського поета Отто фон Ф., студента Літературного інституту в Москві, наповнені безконечними пиятиками з друзями і нестримними сексуальними пригодами. Аж доки однієї суботи звичне «водіння кози» не приводить поета в підземелля московського метро, де він стає свідком жахливого симпозіуму відомих мерців. Відтепер Отто фон Ф. мусить рятувати не лише власне життя від КДБ, а й власний квиток на поїзд, яким має дістатися рідного Києва.

«Московіада» — один зі знакових романів відомого українського письменника Юрія Андруховича — насичена і гротескними й сюрреалістичними моментами, і тогочасними реаліями, які супроводжували розпад комуністичної імперії. Написаний понад тридцять років тому — 1992 року, — роман досі зачаровує блискучим стилем та карнавальним настроєм, а також видається надзвичайно актуальним тепер, під час повномасштабного нападу Росії на Україну — і остаточного розпаду імперії, свідками якого ми станемо.

УДК 821.161.2-31

ISBN 978-966-448-113-4
(серія «Новітня класика»)

ISBN 978-966-448-089-2

нехай і на сей раз вони
в нас не вполюють нічого

Григорій Чубай

Живеш на сьомому поверсі, стіни кімнати завісив козаками й діячами ЗУНР, з вікна бачиш московські дахи, безрадісні тополині алеї, Останкінської телевежі не бачиш — її видно з кімнат, розташованих по другий бік коридору, — але близька її присутність відчувається щохвилини; випромінює щось дуже снодійне, віруси млявості та апатії, тому вранці ніяк не можеш прокинутися, переходиш з одного сновидіння в інше, ніби з країни в країну. Спиш самовіддано, найчастіше до одинадцятої, поки узбек за стіною не увімкне на повний регулятор духмяну орієнтальну музику «адин палка два струна». Проклинаючи незлостиво нещасну нашу історію, дружбу народів і союзний договір 22-го року, усвідомлюєш: далі спати не можна. Тим більше, що єврей за іншою стіною вже повернувся з виправи по крамницях, укотре накупивши, скажімо, «колготок» для своєї незліченної ветхозавітної родини з Біробіджана, для всіх колін її. Тепер з почуттям праведно виконаного обов'язку він сяде за написання нових віршів середньовічною мовою ідиш і таки напише їх — цілих сім віршів до обіду, а пополудні ще три вірші. І всі вони будуть надруковані в часописі «Совєтіш Геймланд», як живе свідчення ненастанної державної турботи про культуру малих народів.

Еврей за стіною — це живе і дошкульне нагадування тобі, скурвий сину, що ти також мав би щось робити — купувати «колготки», писати вірші. Натомість лежиш у ліжку і вкотре вивчаєш портрет диктатора Петрушевича, а орієнтальна музика за стіною робиться дедалі пристраснішою та одноманітнішою, вона тече, як вода в ариках, зрештою, це великий похід з верблюдами і слонами, бавовникові плантації, блюз для конопляної мафії.

І ти, український поет Отто фон Ф., ти фізично відчуваєш, як гризуть тебе докори сумління, як вони проїдають у тобі діри щораз більшого діаметра, аж колись ти вийдеш у коридор гуртожитку цілком прозорим, дірчастим, і жоден калмик навіть не привітається з тобою.

Але нема на це ради — вірші твої, певно, лишилися в атмосферних полях України, московські ж поля виявилися надто щільними для їхнього солов'їного проникнення.

Коридором уже давно шастають тутешні персонажі, власне кажучи, вони письменники, та ще й з «усього кінця» Радянського Союзу, але нагадують вони все ж не так творців літератури, як її персонажів. Причому літератури графоманської, спеченої за нудними рецептами великої реалістичної традиції.

Ти розрізняєш їхні письменницькі голоси — а кожен із них, за характеристиками з місць попередньої діяльності, «наділений власним неповторним голосом, який неможливо переплутати з будь-чиїм іншим»; ці неповторні голоси коридорні кажуть щось один одному, схрещуються, перетинаються, злягаються; вони повідомляють, що закипів чайник, наспівують «несыпьмнесольнарану», цитують Висоцького (Жванецького), запрошують когось на сніданок, інформують, що профура з заочного (третій поверх, кімната 303) ночувала сьогодні в 727-й тощо.

У нерозривній діалектичній єдності з голосами перебувають і запахи — букет гуртожитського сміттєпроводу, перегарів і сперми. Шиплять пательні, брязкають відра, ключі, гупають двері, бо, зрештою, сьогодні субота, і лекцій нема, і жодне падло не змусить мене робити щось таке, чого я не схочу. І пішли вони всі.

Отак поступово ти входиш у дійсність, пам'ятаючи, що гарячої води може й не бути, що профура з 303-ї ночувала не в 727-й, як було помилково заявлено в коридорі, а в 729-й, що хтось із чеченів (а найпевніше — всі чечени, разом узяті) відмаґуляв учора в ліфті спорторга Яшу, що російський поет Єжевікін, котрий мешкає у протилежному крилі, вчора мав уп'яте виступ на телебаченні, в якому дев'ять разів ужив слово «духовність» і вісім разів витирав тильним боком долоні похмільний піт із чола, що варто би подзвонити додому, що у вівторок почнеться сесія Верховної Ради, що український переклад «Сонетів до Орфея» чи не найточніший з тобі відомих, що другий рік твоєї московської біографії добігає кінця, а ти так і не побував у пивбарі на Фонвізіна; пам'ятаючи про всі ці, ніяк не пов'язані між собою речі, як і про безліч інших речей, ніяк не пов'язаних із попередніми, ти все ж підводишся і, походивши в самих лише трусах кімнатою, оцінивши з вікна той самий лажовий пейзаж із тими самими тополями і тьмяно-дощовими тяжкими хмарами, змушуєш себе до силових вправ — раз, два, — аж поки не заболять м'язи, так ніби в цьому полягає останнє виправдання тебе і Москви, і, більше того, твого існування на світі. Існування, до речі, досить нікчемного, такого, що ним узагалі годилося б знехтувати Комусь Над Нами, якби не кілька вдалих рядків у кількох загалом невдалих віршах, чого, ясна річ, зовсім недостатньо для великої національної справи.

А ось деякі зі згаданих персонажів. Їхні голоси так роздратували тебе вранці, що тепер можеш поквитатися з ними, фон Ф. Зобрази їх якомога в'їдливіше, старий.

Прошу дуже. Дві жінки, дві квітки з глибинних провінцій Великоросії. Дві поетеси, чи то пак поетки, ні, перепрошую, два поети, бо зараз у їхньому середовищі престижно повторювати слідом за Цвєтаєвою-Ахматовою (Горенко?), що слово «поет» не має жіночого роду, у зв'язку з чим я, старий збоченець, уявляю собі всю цю бабноту з добрячими пенісами й — головне — тестикулами у відповідному місці.

Але справа не в тому. Є дві жінки з глибинних і рівновіддалених від Москви росій. Дві зегзиці-лебедиці, з яких одній ледь за сорок, іншій — сорок незадовго. Котрась із них одружена, котрась ні, але котра саме, я забув.

Це експозиція. Тепер розвиток дії. Обидві надто багато поклали на цей пажерливий вівтар. Потрапити сюди кожна прагнула пів життя. Потрапити до Москви на цілих два роки! Потрапити до Москви, де, безсумнівно, нарешті помітять і вознесуть! Потрапити до Москви, аби лишитися в ній навіки! Бути в ній похованою (кремованою!). Потрапити до Москви, де генералів, секретарів, іноземців, патріотів, екстрасенсів — як гівна! А головне — повно бананів!..

Така мрія приходить разом зі статевим дозріванням. І владно супроводить усе життя.

Заради цього варто було йти всіма пекельними колами засраних провінцій. Інтриґувати. Дзвонити. Частувати. Спати з імпотентами.

Після багаторічних поразок і розпачів — збулося! Сталося! Обидві приїздять майже водночас, незалежно одна від одної перетнувши добрячий шмат російської рівнини. Знайомляться без тіні лукавства, їм справді дуже приємно, адже вони товаришки по щастю. Уже з перших натяків з'ясовуються спільні вподобання: Єсенін, а не Пастернак, Рубцов, а не Бродський, сукні молодіжні з поліестеру, по переду і спинці — фігурні кокетки, у швах кокеток переду — кишені з застібкою-«блискавкою», по спинці — зустрічна складка, доповнення — пояс. Того ж дня у дражливо-солодкому передчутті тотальних змін на краще обидві йдуть до Пушкіна — покласти квіти, просто так, від себе. Тому що обидві люблять Пушкіна і навіть вважають його найбільшим російським поетом, своїм учителем. Пушкін задумливо розглядає носаки черевиків. Унизу, під ним, хлопці в сірих уніформах і чорних беретах гамселять якихось нестрижених масонів, котрі називають себе «демократичеськім союзом». Обурені за Пушкіна, провінціалки їдуть поселятися в гуртожиток.

Комендант виявляється чучмеком, щоправда, дагестанцем, але ще досить молодим дагестанцем: фізично розвинутий добре, плечі широкі, груди, поза сумнівами, вкриті буйним волоссям, тридцять чотири роки, встигає підморгнути кожній непомітно для іншої, зуби рівні, очі карі, Рамазанов Муртаза чи, може, навіть зовсім навпаки — Муртазаєв Рамазан.

Рамазан (Муртаза?) пропонує вибір кімнат на сьомому поверсі. Будь-яка може стати їхньою. Є кімната з вікнами на горілчаний, є — з вікнами на овочевий. Є — з паркетною підлогою нового зразка. Є з розбитим вікном. Є поруч із туалетом. Кожна кімната по-своєму приваблива.

Але є варіант, на який обидві пристають без вагань. Це так званий сапожок, дві сусідні кімнати, відокремлені від решти світу спільними сіньми. Досконало! І вони поселяються, і відразу ж запрошують одна одну на чай. І розмовляють до пізньої ночі про Пушкіна, про Єльцина, читають напам'ять власні вірші, обмінюються похвальбами, потім збірками, виданими в обласних видавництвах на зекономленому папері. І жодного навіть натяку не лесбіянство.

Так ми дійшли до кульмінації.

А розв'язка? Що далі, то більше доходить до кожної з них, що скоєно несосвітенну дурницю. «Сапожок» виявився пасткою. Пасткою на дурних корів, які бозна-чого приперлися до цього бедламу. Найбільша їхня біда полягає в тому, що вони не доросли до можливості групового кохання. Тому їм так і не вдається спокусити ні генерала, ні навіть дагестанця. І, таким чином стримувані одна одною, провадять цілком черниче своє життя, потихеньку лютуючи і скрегочучи, а колишня непідробна приязнь еволюціонує в ледь приховувану, з кожним днем очевиднішу, бездонну і чорну ненависть.

Снилося мені з п'ятниці на суботу, нібито я вечеряю з королем України Олельком Другим (Довгоруким-Рюриковичем). Сидимо удвох при вміло сервірованому столі у бароковій лоджії блакитного каменю, час від часу з'являються неметушливі слуги, переважно індуси або китайці, з позолоченими тризубами на вилогах фраків, непомітно змінюють тарелі й тарілки, страви, ножі, виделки, кліщі для зламлювання ракових панцерів, пінцети для добування молюсків, скальпелі для розтину жаб, і так само непомітно, без особливого брязкоту, виходять. З лоджії відкриваються розкішні овиди: сідає сонце десь у водах ясного озера внизу, востаннє спалахують призахідним блиском незаймані вершини Альп або, якщо на те вже пішло, то взагалі Піренеїв. А ми з королем попиваємо всілякі кунштовні вина, коньяки, наливки та настоянки і про се, про те варнякаємо.

— Ваша Королівська Милосте, — звертаюся до нього, сповнений шацунку, — Володарю й Управнику Руси-України, Великий Князю Київський і Чернігівський, Королю Галицький та Володимирський, Господарю Псковський, Перемиський та Козятинський, Герцогу Дніпродзержинський, Первомайський та Іллічівський, Великий Хане Кримський та Ізмаїльський, Бароне Бердичівський, Обидвох Буковин та Бессарабій, а також Нової Асканії та Каховки Зверхнику, Дикого Поля та Чорного Лісу Архисеньйоре, Козаків Донських, Бердянських та Криворізьких Гетьмане й Покровителю, Гуцулів і Бойків Невсипущий Вівчарю, Пане Всього Народу Українного з татарами й печенігами включно, а також Внутрішньої та Зовнішньої Тьмутаракані Патроне і Пастирю, нащадку преславного роду тисячолітнього, словом, Монарше наш пишний і достойний, Ваша Милосте, чи не хотіли б Ви навіки лишитися в золотих скрижалях пам'яті вселенської та вселюдської?

— Хтів би-м, — каже Олелько Другий, — лем през які поступовання?

— А през такі поступовання, — відповідаю, — през які вшиткі крульове слави вічної непреходяще й зацно сподоблялися.

— То, може, през войни? — запитує Олелько, звівши свої тисячолітні брови і породисте чоло морщачи.

— През войни і дурень може, Пане мій, і президент може.

— Тогди през закони й уложення мондрі, права й хартії справедлячі, — вгадує Олелько.

— І це до дупи, Ваша Милосте, на це божевільні існують або депутати в парламенті, — інтриґую його далі.

— То хиба през малжонок і наложниць скількість шкандальну, през пиятики гучнії та биятики бучнії, през розкошовання та обжирання ґвалтовні та инчі непотребності, мало шацовані?

— І це не нове, Великий Князю мій, все одно комуняків не перевершите, — мордую його, як можу.

— То не муч же ня і повідай, през які такі поступовання?.. — трохи просить, а трохи наказує Олелько Другий.

Слуга-малаєць прибирає з-перед нас останні тарілки, вазу з живими, ще пискливими, недоїденими устрицями, порожні пляшки з-під мальвазії, іміґлікоса та келлерґайстера. Слуга-ефіоп натомість приносить свічки у зброндзовілих канделябрах та ебенову чорну коробку, вщерть набиту сигарами найкращих сортів. Сутеніє. Звідкілясь із альпійських полонин долітають пахощі. Внизу під лоджією співає фонтан, а може, ручай. Двійко маленьких негритосів заводять попід руки сліпого старця-бандуриста. Ми з королем закурюємо, а бандурист ледь чутно перебирає струни, сівши на кам'яному виступі, поруч із барельєфним зображенням танцюючого фавна. У небесах з'являються перші зорі.

— То повідай же, драню, що хтів-ись мні нараяти?! — починає закипати король, роздратований моїм багатозначним сигарним пахканням.

— Будьте, Ваша Соборносте, терплячим і поблажливим, — кажу на це. — Не образіть ані комашки гівнячої, нікчемної. У неділю відвідуйте Службу Божу, але й про щоденні молитви не забувайте. Даруйте бідним свої маєтки, роздавайте усмішки вдовам і сиротам, бездомних цуциків не вбивайте. Думайте про велике і гарне, як наприклад, моя поезія. Читайте поезію мою, їжте тіло моє, пийте кров мою. Надайте стипендію мені, скажімо, в німецьких марках і пошліть мене мандрувати навколо світу. За пів року Найясніший отримає від мене такого панегірика славильного, що понад усіх монархів Вас вознесе. Ще за пів року народ України зажадає Вашого повернення і внаслідок успішно проведеного референдуму Ви в'їдете до Києва на білому кадилаку. Істинно, істинно кажу Вам: дайте мені стипендію!

Сліпий бандурист про щось там грає-грає, воропає. Вода внизу, у вічнозелених заростях мирту, шумить і кличе в навколосвітню подорож. Зорі в небесах робляться усе більшими, ближчими, можна навіть розрізнити на них якісь міста, казкові манценілові ліси, дивовижні палаци, колони, вежі. Їхнє сяйво так багато обіцяє, що хочеться вистрибнути сторчголов із лоджії і, як сказав поет, хоч би трішечки померти.

— Адже ніщо в цьому світі не є таким зайвим, безглуздим і кумедним, як добра поезія, але водночас і ніщо в цьому світі не є таким необхідним, значущим і доконечним, як вона ж, Ваше Преукраїнство. Зважте на історію всіх великих народів і переконаєтеся, що це історія їхньої поезії. Зважте також на історію невеликих народів. Тих, яких завтра вже не буде. Зважте і скажіть мені: хто кому потрібен більше — королі поетам чи поети королям? Чи варті чогось королі без поетів? Чи не існують королі волею Божою тільки тому і тільки для того, аби утримувати волею Божою поетів?

Шумлять платани у густих сутінках, блимають свічки, дзвонять монастирі, співають ідучи дівчата. Невідомі вечірні птахи, а може, й кажани літають навколо лоджії. З далеких гір долинають солодкотривожні пахощі.

Король допиває крижане шампанське з келиха на височезній масонській ніжці і каже — повільно, мудро, вагомо:

— А знаєш, як по-еспанськи буде х(...)?

— Як, Ваша Милосте? — питаю вкрай зацікавлено.

— Пінґа! — кричить король і плеще в долоні.

Тоді двійко довготелесих сенеґальців хапають мене за плечі, за руки і жбурляють з лоджії вниз. Лечу і зненацька пригадую, що справжнє його прізвище «Анжуйський». Обдираючи морду об вічнозелені зарості, чую, як сивочубий сліпий бандурист гірко заридав та й заплакав.

Кривлячись і відпльовуючись, і самого себе люто ненавидячи, згадуєш отой сон, поки вимучуєш на підлозі свої силові вправи. Це ж треба так продаватися! Безпардонно, нахабно, цинічно. «Надайте мені стипендію, Ваша Суверенносте, надайте мені сти...». Яке підле й нице лакейство духу, яка внутрішня проституйованість!

Нарешті з м'язами покінчено. Тепер слід зібрати необхідне для душової манаття і тріумфально з'їхати ліфтом у гуртожитське підземелля, де бригада посинілих від кіру прибиральників (Саша, Серьожа і Арутюн) має свою безвідмовну «каптьорку» не так для праці, як для відпочинку. Але при чім тут вони?

У коридорі здалека махаєш рукою комусь незнаному (себто знаному, але незідентифікованому, позаяк він аж у кінці протилежного крила, метрів за двісті від тебе), незнаний відповідає тобі таким самим помахом, заледве чи теж розпізнавши, настрій поліпшується. Ліфта чекати не так уже й довго — хвилин п'ять щонайбільше. Їдучи донизу, розглядаєш на стінах і підлозі всілякі написи, малюнки, подряпини — давні й недавні, зовсім нові, кров спорторга Яші, відмаґуляного вчора чеченами за те, що має «жопа балшой» або за щось подібне.

Ліфти — це особлива нагода для гуртожитського населення повимахуватись і провернути яку-небудь ориґінальну річ. Про те, що чечени полюбляють у ньому нищити своїх ворогів, відомо всім, з районною лягавкою включно. Про те, що троє рецидивістів, з яких один — студент поетичного семінару, а другий — духовної семінарії, відпірхали в ньому

здібну початкуючу драматургиню з Новокузнецька, відомо теж усім, за винятком районної лягавки. Але про те, що вчинив якутський письменник Вася Мочалкін, знають лише втаємничені. Так от, Вася Мочалкін, основоположник якутської радянської літератури, студент четвертого курсу і почесний оленяр, якось наллявся бухлом по саму зав'язку і на першому поверсі ступив у ліфт. Натиснувши кнопку з числом потрібного поверху (а Васі Мочалкіну було, власне кажучи, по цимбалах, на якому поверсі сходити, адже всюди його приймали як брата й любили), він — барвисто висловлюючись — полинув угору. Однак під дією неминучих при цьому кінетичних змін не те що не втримався на ногах, а радше навіть навпаки — гепнувся, чи, як сказав би поет Єживікін, й(...)нувся. Сталося це о дев'ятій вечора, а о дев'ятій ранку Вася все ще перебував у тому ж ліфті, оскільки, наї(...)вшись о дев'ятій вечора, тоді ж таки щасливо заснув і так проїздив угору-вниз цілісіньку ніч. О пів на першу ночі, щоправда, не більш тверезий від Васі білоруський новеліст Єрмолайчик зробив було спробу витягнути друга з ліфта і вкласти денебудь по-християнськи, але спроба завершилася тим, що Вася чимало блюванув на Єрмолайчиків комір, і той, махнувши рукою на будь-які моральні засади, поплівся ночувати до Алки з вирізаною правою груддю. І тільки вранці, десь так о пів на десяту, Васю Мочалкіна врешті вдалося розкутурхати. Це сталося на першому поверсі, де й починався минулого вечора його казковий маршрут по вертикалі. Прийшовши до тями після тяжкого оленярського сну, Вася таки виповз із ліфта і покатуляв новий зустрічати день у пивбарі на Фонвізіна.

Ось і ти, Отто фон Ф., уже на першому поверсі. Тепер з ліфта ліворуч і сходами вниз, ачей стане ще для тебе гарячої води в заплюваних і облуплених душових.

У роздягальні, як завжди, темно, і, поки намацуєш біля дверей замаскований павутиною вимикач, бачиш чи радше навіть відчуваєш, як заворушилася купа старого шмаття в кутку «передбанника». Купа ворушиться дедалі нервовіше, енергійніше, немов із десяток метрополітенівських щурів, про яких останньо стільки пишуть у пресі, знайшли там собі притулок. Але розкудлана бородата мармиза, що з'явилася над лахміттям одночасно зі спалахом електричного світла, розвіює всі твої біологічні жахи й сумніви: Іван Новаковський, на прізвисько Новокаїн, інша версія Ваня Каїн, гнаний і упосліджений (себто у послід перемінений) літератор, видавець і культуролог, бомж, останніх років п'ятнадцять намагається нелегально спати в гуртожитку, з якою метою навіть узяв церковний шлюб у Мар'їній Рощі з прописаною в гуртожитку епілептичкою Василісою (четвертий курс, семінар божевільних), однак цей шлюб має досить виразні ознаки фіктивності, позаяк Новокаїн здебільшого влаштовує собі ночівлю в душовій або в сушці. Кажуть, що Василіса била його по голові настільною лампою. Інші кажуть, що не настільною, а паяльною і не по голові, а пхала в задній прохід. У будь-якому разі по вулицях він пересувається забімбаною постапоплексичною ходою. Проте, як правило, балакучий, цитує самого себе строфами і виношує все нові й нові видавничі проєкти.

— Слиш, купі зборнічєк, — витягає з-під купи мотлоху стару онаністичну руку, в якій затис примірник сірої ксерокопії. —

Вєліколєпниє стіхі, Ніколай Палкін, рупь стоят, із ніх девяносто копєєк автору...

Розглядаєш засмальцьовану м'яку обкладинку: «Серия "Русская идея"». Основана в 19... г. Николай ПАЛКИН. Расплела косу береза. Новые стихи. Издательство «Третий Рим». На обкладинці зображено березу, перекреслену зірку Давида і жвавого двоголового орла, котрий, здається, от-от злетить і полетить, шугаючи навколишню небесну фауну включно з ангелами потворною неприродністю свого іміджу. Поки Ваня безупинно про щось глаголе, себто цитує і жартує, встигаєш прочитати першу строфу:

Россия кровью изошла...
За что, скажите, Бога ради,
Терзают Русского Орла
Иуды, стервачи и б(...)?!

З почуттям наростаючого кайфу переходиш до наступної:

За что, Прибалтика, скажи,
Святую Русь так ненавидишь?
Замри, Эстонь! Литва, дрожи!
Ты русский х(...) еще увидишь!

Але слово «х(...)» чомусь від руки перекреслене, і над ним написано слово «меч», потім і воно перекреслене, і над ним написано «танк». Мовчки повертаєш поезію Новокаїнові. Йдеш митися, обережно й цибато переступаючи брудні схололі калюжі на щербатій підлозі душової. Новаковський знову з головою залазить під лахміття і продовжує там спати чи солодійствувати, наприклад.

Яка ж це винагорода, що бодай тут, у брудному підземеллі, занечищеному плювками, змилками, жмутками старого волосся, існує гаряча вода, який це драйв, геть недосяжний розумінню багатьох селянських і пролетарських письменників — митися з милом, чистити зуби! Як хочеться бути тут вічно! Забути про все, заплющити очі й віддаватися воді, мов коханці. Більшість віршів ти сотворив саме у гарячій воді. Бо у гарячій воді ти здатен бути великим, добрим, ґеніальним і самим собою водночас. І пішли вони всі.

За стіною — в жіночій душовій — суцільні реготи і сміх. Враження таке, що їх там тисяч сорок. Чому вони завше так репетують, коли миються, кляті лесбіянки? Ані слова не розбереш із цього напівпташиного повискування — так, ніби дівчата під час купелі здобувають якусь іншу мову, тільки їм відому. Таємничу мову прадавніх часів матріархату. Сповнену зневажливої вищості до ницого чоловічого поріддя з його цапиними потребами і вподобаннями. Тому вони так не люблять, коли хтось із цього рабовласницького кодла намагається підглянути чи — гірше того — запакуватися до них під час сакрального омовіння. Такі речі караються надто суворо, як карається в окультизмі негідно вкрадене таємне знання. Суздальський поет Костя Сєроштанов, твій однокурсник, навіть вірша написав про те, як розлючені дівки облили його хлоп'ячу пуцюринку окропом за те, що підглядав, як вони шубовтаються у сільській лазні. Незлий вийшов вірш, найкращий з усієї добірки. Вірш-спогад, повернення втраченого часу. Дуже йому боліло, Кості Сєроштанову.

Але от голоси за стіною поступово вмовкають, і разом із ними вщухає шум води. Мабуть, ритуал вичерпано, маґічний сеанс завершено, і пора змінювати мову. Проте хтось там усетаки залишається, бо все ще чуєш, як біжить вода, принаймні з-під одного крана.

Далі починається спів. Самотній жіночий голос і більш нічого. Якась дивовижна пісня, не з тих, що, буває, наспівують дєвочки в напливі молодих почуттів і весняних мрій. Ні, це щось інше, це навіть не пісня, а якесь несамовите розкошування голосу, цього найдосконалішого з музичних інструментів (гарно сказано, фон Ф., але це Лорка). Поринаєш від усього цього — гарячої води, музики і власної величі — в надприродне заціпеніння, голос із-за стіни мучить тебе світлою мукою, наче філіппінський масаж, кожну клітиночку найменшу, власне, давно вже пора б виходити, однак не можеш, не можеш! І що там за сирена така? Заліпити вуха милом, чи як? Але що далі, то сильніше відчуваєш, що піймався. Голос не полишає тебе, не дає спокою, ранить і вабить. Нарешті усвідомлюєш: іншого виходу в тебе вже немає.

Повз гору лахміття, під якою нишкне розтерзаний життєвою «непрухою» Ваня Каїн, вислизаєш у роздягальню, вода струменіє з тебе, а серце докладає всіх зусиль, аби вискочити звідкись із рота. Обгортаєшся великим волохатим, привезеним з дому, екваторіальним рушником. О ламбада, мадонна, кетцалькоатль, попокатепетль! Комусь не повірив би...

Двері в підземний коридор відхиляєш якомога обачніше (а той голос, голос чути навіть сюди, що за мана, мана-мана!). Напівтемрява, і нікого нема. Тому — праворуч! — командує з черепової коробки, а швидше звідкілясь із пахвини, твій особистий фельдмаршал. Праворуч і — стрибками, не більше як десять стрибків коридором. Полишаєш за собою босі й мокрі сліди. «Каптьорка» прибиральників категорично зачинена — ясна річ, нині субота, і який дешевий дебіл тут сидітиме?

А от і наступні двері — за ними печера, в якій живе той голос, ув'язнений драконом. Увіходиш рішуче, як на страту. Далі вже мало що усвідомлюєш, хіба тільки встигаєш подивуватися, що жіноча душова влаштована всередині так само, як і чоловіча, — так, ніби жінки належать до того самого біологічного виду. Десь там, у роздягальні, розмотуєш і ніяк не можеш скинути із себе власний рушник. Бо він тримається, він висне на твоєму кілку, плутається між ногами, у цю мить ти ідеальний вішак для нього, але врешті звільняєшся і переступаєш через його смугасту сельву, що осіла на бетонній підлозі.

Вона стоїть під душем спиною до тебе, мильна вода стікає по ній пахучими потоками, шкіру має золотаво-шоколадно-шовкову, а ноги — ніби молоді тропічні дерева. Підходиш близько, як можеш, кладеш руки їй на плечі. Спів уривається.

Натомість — легенький здушений вигук, щось ніби видих. Даремно ти перестала співати, пташко. Бо якби ти співала й далі, то ми б утнули з тобою щось цілком інакше, щось нелюдське, небесне і незвичайне. Даремно ти перестала співати. Доведеться тебе за це з'їсти.

Поливаєш її з якихось флаконів — шампунь, рідке мило, поливаєш її й себе з яскравих духмяних південних флаконів і намилюєш її всю, хоч летюча вода тут-таки змиває з неї всі твої старання, але це робить її слизькою й незрячою, і ти занурюєш голову в її прачорне волосся. Тоді вона, так і не озирнувшись жодного разу, повільна, але слухняна, похиляється вперед. І це запрошення. Або виклик. Чорна орхідея впускає тебе. І від блискавок усередині твій череп аж розламується, бо ти почав. Даремно вона перестала співати.

І в цих пекельно-гарячих струменях, під цим одвічним водоспадом виколисуєте удвох якийсь африканський ритм. Не чуєш спротиву, але й заохочення не чуєш — віддається так, як віддаються рабині, хоч ти не можеш знати, як віддаються рабині, може, якраз зі спротивом або з заохоченням. Але вже за хвилинку чуєш, що до неї повертається голос. Не той, яким співала, однак живий, таємничий. Може, навіть палкіший. Щось у ньому благальне, щось навіть молитовне. І саме голос, його поява, його вимогливе тремтіння, відбирають у тебе стриманість і витривалість, і ти вже не в змозі перетривати, зупинити, запобігти. Ця орхідея знищить, розтопить, зіжмакає тебе...

Але вона щось таке невідоме робить, якийсь непомітний внутрішній рух, щось таке змінює там, у собі, вона знає всілякі споконвічні штучки, здібна була дівчинка, добре вчилася, витончені в любові жриці готували її для чорношкірого цибатого принца на спеціальному забороненому острові, де вони злягались на пальмовому листі, і ти знаходиш у ній можливість для тривання. Тільки ж голос, голос! Він таки доконає тебе, він не дасть пробігти цю савану до кінця, як належить. Він входить у тебе, мов пара, — в твою шкіру, значно світлішу середньоєвропейську шкіру. І тепер — як останній порятунок — заплющити очі, бо й для очей забагато всього: зірок у черепі, блискавок, і цього шоколаду, і цих гарячих потоків з неба. Однак і в заплющених очах воно все оживає, пульсує. І ти здригаєшся вулканно, і, почувши таки власний голос, розумієш: усе. Даремно ти почала співати.

...У роздягальні знову замотуєшся рушником. Злизуєш залишки шоколаду з губів. Визираєш у коридор майже впевнено, хоч і відзначаєш здивовано подумки, як легко і владно повернулася реальність. Тулишся до стіни і так кількома стрибками повертаєшся у чоловічу зону всесвіту. Хоча стрибаєш не тільки з осторроги. Швидше, як мисливець, котрий щойно переможною стрілою повалив золоту лань.

Вітаєшся вдруге з Новокаїном, котрий знову кудлато вилазить зі свого леговища і пропонує «стіхі». Вішаєш рушника на кілок. У душовій тим часом з’явилося кілька монголів. Пофоркують, мов коні, змиваючи пил Великого Степу з жилавих плечей. Вони скакали цілий тиждень, везли ханську грамоту, молоді зубаті вершники. Кривоногі лучники.

Ще раз намилюєшся. І тоді чуєш, як там, за стіною, вона знову починає співати...

Розчарування навіки поселилося в цих стінах, які, до речі, ніколи не вкриються меморіальними дошками. Але справа не в тому. Справа в іншому — це дім, де розбиваються лоби.

Тутешні сюжети є настільки одноманітними й повторюваними, що йдеться, очевидно, про міф. Або про схему з двома-трьома варіантами. Ось один із варіантів.

Сімнадцятилітній ліричний юнак, назвімо його Слава, вкладає римовані строфи, які списує до загального зошита і переховує в секретному місці під унітазним бачком. Вірші, як правило, носять назви, похідні від романтичних жіночих імен: «Аеліта», «Консуела», «Анґотея», «Айседора», «Лоліта». Безперечно, що тут криється одна й та сама істота, переважно Люся або Нюся, однокласниця, котра й не здогадується про існування в природі таких речей, як сублімація.

Настає день, коли юнак Слава потайки висилає вірші з жіночими йменнями, ці душевні полюції, на конкурс до московського інституту. З початком весни він вкривається прищами і ластовинням, і саме тоді з Москви надходить відповідь. Мліючи від нетерплячки, Слава розшматовує конверт і довідується, що успішно пройшов творчий конкурс. Всесоюзних масштабів прізвище, відоме йому зі шкільних хрестоматій, що значиться у підписі, робить нашого лірика просто-таки збаранілим від щастя.

Улітку він покидає свій завошивлений, зачуханий, свій задрипаний Партизанськ чи Мухоморськ, місто хіміків, і вирушає на завоювання Москви. Фотокартку з Люсею-Нюсею зберігає в найнесподіваніших місцях.

Йому, звичайно, вдається вступити. Але на цьому й закінчується вся поезія. Далі — навіть не проза. Вірші пішли геть, бо так захотів Той, Хто їх диктує. Кохання до Люсі вичерпалося, позаяк Слава збагнув, що вона також ходить в туалет. На лекціях і семінарах мухи дохнуть від нудьги. Відвідувати всілякі жидівські театри або читати забризканого слиною Мережковського він просто не створений. Милуватися Василієм Блаженним або мавзолеєм вічно не будеш, до того ж чим там є милуватися? І він осягає дещо інше: сувору, як мачуха, гуртожитську науку дійсності. Тижнями не порушує кордонів свого поверху, а якщо порушує, то тільки аби притарабанити для друзів бухла від в'єтнамців або із вдало розташованого поруч таксопарку. Спить іноді в безпосередній близькості від сміттєпроводу, іноді головою в умивальнику, ногами на північ. Алка з вирізаною правою груддю робить його мужчиною, від чого він надовго втрачає всіляку охоту. Натомість Вольдемар з Дауґавпілса, ветеран молодіжних рухів і паломництва на Схід, пробуджує в ньому безсонний потяг до анаші. На третьому курсі ліричний Слава вже нагадує розтоптаного долею педераста з болючим тілом і вичерпаною душею. Іноді він викрадає шмат м'яса з чужого баняка на спільній кухні. Від нього струмує стійкий запах сечі і найдешевшого тютюну. До п'ятого курсу ще намагається щось із чимось заримувати, але виходить із цього всіляке гівно. Зрештою, воно завжди було гівном, як у знаному анекдоті про чукчу. Настає день, коли він готовий різати собі вени. Ну, та нічого, нічого.

Існує ще варіант «національних» (себто неросійських) поетів. Якимось дивом ці кавказці вступають величезними юрмами, і так усі п'ять років тими юрмами й пересуваються. Що вони роблять насправді, не знає ніхто, але слід безконечно довго реготатися з того, котрий подумає, нібито вони пишуть вірші. Вони купують: магнітофони, шкіряні куртки, дівчат, пістолети, гранати, протигази, плащі, будинки, джинси, землі, коньяки; «мерседеси» вони час від часу переганяють додому, за високогірні хребти, по Воєнно-Грузинській дорозі. Пиячать, ніколи не втрачаючи голови, але від маленьких радощів теж не відмовляються, тож двометрових потіпах із Театру мод під керівництвом Зайцева змушують ставати на вуха. У всьому — достеменні, спадкові джиґіти, підвладні законам честі, столітнім етичним приписам аксакалів та шаріату. Якщо, наприклад, всімох мотлошать у ліфті когось одного, русявого, то ніколи не безпричинно, а виключно з міркувань газавату і вищої справедливості. Однак і над ними тяжіє стогін розчарування, бо всіх русявих не перемотлошиш, і всіх «мерседесів» не скупиш, і всіх манекенниць не переграєш. Тож зелена магометанська туга налягає на їхні стомлені й пошрамовані лоби.

І таким є життя в цій заклятій дірі, літературному гуртожитку, вигаданому системою для виправдання й самозаспокоєння, в цьому семиповерховому лабіринті посеред жахної столиці, у загниваючому серці напівіснуючої імперії. Бо, хоч і каже російський поет Єжевікін, що він кінчає від самого тільки слова «імперія», однак усьому доброму приходить колись хана, і ти, Отто фон Ф., просто хребтом відчуваєш, як тріщать усі її шви, як розлазяться навсібіч країни й народи, кожен з яких має нині значення цілого космосу чи, щонайменше, континенту.

От із горілкою дедалі більше проблем. Її чомусь — уперше в російській історії — не вистачає на всіх. Її доводиться завойовувати ціною багатогодинних стоянь у черзі, штовханин, колотнеч, ціною самозречень і самовтрат. Мабуть, усю наявну в імперії горілку тепер випивають якісь кремлівські велетні, а може, її складають у тамтешніх глибочезних пивницях на чорний день, тим часом як плебс, тобто народ, хоча в дійсності не народ і навіть не плебс, отримує жалюгідні сльози — таке собі відхаркування харчової промисловості. Убивства у горілчаних чергах стали чимось настільки ж звичним, як — учасники взяття Берліну не дадуть збрехати — фронтова смерть від ворожої кулі. Горілка зробилась абсолютом, священною метою, небесною валютою, чашею Ґрааля, алмазами Голконди, золотом світу.

Років півтора тому, пізньої осені, ти перевертався в ліжку до третьої ночі, ніяк не в змозі заснути, однак не з якихось там причин поетичних, як, наприклад, кохання, ностальґія, світова скорбота, зоряна туга, сомнамбулізм тощо, а з якихось інакших причин, які й причинами назвати незручно. Але, зачувши делікатний стукіт у двері, вирішив було, що цілком доречно не засинаєш. Бо, як інформували тебе свого часу, в цьому гуртожитку, де навіть стіни і стільці просякли дешевою слизькою розпустою, є багато таких мандрівних дівчат (мандрьох), котрі ночами просто ходять від дверей до дверей і шукають собі коханого. Особливо ж приваблює цих фіндюрок поверх сьомий, де мешкають багаті члени. Мається на увазі, члени братніх письменницьких спілок, зокрема середньоазіатських та закавказьких, витончених у камасутрі. До того ж кожен із них має свою окрему кімнату, себто мешкає в суворій чоловічій самотності. Так що вночі немає потреби перелазити в інше ліжко, аби всім було порівну любові, як це має місце у кімнатах, заселених студентами, на нижчих поверхах. Крім усього, мешканці сьомого поверху, як правило, старі і добрі, в них можна пожити навіть і з тиждень, якщо тебе приперла грошова блокада або по всіх шалманах розшукує районна міліція. Так і з'являлися на сьомому поверсі епізодичні дівчата з невідомих околиць, підчеплені у пивбарах або гастрономах, справжні подруги й натхненниці багатих південних акинів, від яких усе ж одного печального дня вони йшли геть, забравши що-небудь матеріальне на пам'ять.

От і ти, Отто фон Ф., у безсонні своєму вирішив, що настала й твоя черга, і цей стукіт о третій ночі означає, що зараз матимеш гостю, цілком можливо, навіть венеричну. Але, відчинивши двері, побачив не юну мандрьоху з немитим волоссям і червоними, як прапор, губами, а досить приємного зовні й не меншою мірою п'яного хлопчину.

— Камандір, — сказав хлопчина, — вибач, що так пізно. Але я дуже хочу горілки.

— І все? — запитав ти, Отто фон Ф., розчарований у своїх сподіваннях.

— Камандір, дай мені сказати до кінця. Мене, наприклад, Руслан звати. А тебе?

— Іван, — відповів ти, Отто фон Ф.

— Ваня, дай мені сказати. Я хочу піти купити горілки в таксопарку. От гроші, — і він показав жменю купюр — так, ніби це могло мати якесь значення.

— Але прохідна зачинена. Я оббігав усі поверхи — тільки ти мене впустив, камандір. Залишаєшся тільки ти.

— Отак? — запитав ти скептично.

— Дай мені сказати. Я з кімнати твоєї вийду в таксопарк.

— Ти з моєї кімнати вийдеш на х(...), — була відповідь.

— Нє, ти не врубаєшся, камандір, пореш гарячку. У тебе коло вікна проходить пожежна драбина, поняв? Я полізу, — він показав руками і трохи ногами, як буде лізти. — Я в десанті служив, поняв? Я й тобі можу водяри принести. Заодно.

І ти ще якийсь час вагався, але впевнена симпатична посмішка і міцна статура Русланова зробили своє.

— Лізь, — наважився ти.

— Ти мужчина, камандір, я признав тебе, — прояснів Руслан.

Він підійшов до вікна, розчахнув його навстіж, і промерзле листопадове повітря, насичене запахами всіх осінніх дощів, мертвого листя, запущених цвинтарів, віршами Пушкіна, словом, запахами пізньої московської осені, затопило кімнату, змусивши тебе чухатися і тремтіти від холоду.

— Давай, лізь уже! — прикрикнув ти.

Руслан на повен зріст випрямився на підвіконні, махнув тобі рукою і зробив широкий крок у ніч. Ти виглянув слідом за ним. Він уже висів на пожежній драбині, немов п'яний цирковий акробат, що випробовує нерви дурнуватої публіки, праворуч від твого вікна, ще мить — і став на драбину ногами.

— Гей, а як ти будеш вертатися? — нагадав собі ти.

— Ти що, не врубався, камандір? Через твоє ж вікно! Я довго не буду — птурсом туди й назад...

Драбина застугоніла металево під його ногами. Досить зґрабно як на п'яного він сходив нею вниз. Вочевидь, у десанті не пас задніх. Але ти подумки проклинав усе на світі:

блукаючих дівчат з їхньою невчасною любов'ю, своє безсоння і юного, схильного до алкоголізму, захисника батьківщини, з ласки якого тобі доведеться ще найменше двадцять хвилин чипіти при вікні.

Ніч, як уже згадувалося, була слизькою й холодною. Десь у подвір'ях вигавкували свою люту невлаштованість проімперські собаки. Час тягнувся поволі, і ти від безділля навіть одягнувся, а потім викурив одну-дві сигарети. На якомусь із нижніх поверхів верескливий жіночий голос несподівано заderenчав: «Сука ти паслєдняя!» Потім забряжчало бите скло, почулися глухі удари, мов хтось забиває в стіну цвяхи чужою головою, а потім низький чоловічий голос повідомив: «Дура ти, Зінка, вєдь люблю я тєбя!» На цьому все затихло.

Аж нарешті ти почув ще раз, як стугонить драбина. Руслан повертався.

Він долав поверх за поверхом і десь між п'ятим та шостим зупинився трохи перепочити. Задер голову догори й побачив тебе, вихиленого з вікна.

— Я вже тут, камандір, — повідомив радісно. — Вибач, що так довго. Уявляєш, навіть у таксопарку не було. Там сьогодні їх рекет шуганув. Тоді я до Володі, у Володі теж по нулях. Довелося взяти у в'єтнамця за двадцять п'ять. Сука вузькоглаза! Убив би! Ну, та нічого, зараз кірнемо, Ваня...

І він пішов драбиною вгору. На висоті сьомого поверху зупинився, ще трохи віддихався, поправив у кишені пляшку, щоб часом не випала. Тоді зробив широкий крок із драбини до підвіконня. Але минулого разу було значно простіше: було за що вхопитися руками, було на чому повиснути.

ухопилися за мене, як за єдиного винуватця його смерті, ніби хочете, аби я таки викупив свою провину, стрибнувши врешті з того самого вікна?

Але ці питання повисали в повітрі. Бо й самі вони, слідчі пси, яким ти міг ці питання ставити, сьогодні вже не здатні були відповісти на них. Імперія міняла свою зміїну шкіру, переглядала звичні тоталітарні уявлення, дискутувала, імітувала зміну законів та життєвого укладу, імпровізувала на тему ієрархії вартостей. Імперія загравала зі свободою, гадаючи, що таким чином збереже оновленою саму себе. Але міняти шкіру було не варто. Вона виявилася єдиною. Тепер, вилізши зі звичайної шкіри, стара курва в муках конає.

Врешті усі відчепилися від тебе. Ти довів своє право на провину. Слідчі пси гарчали з недосяжної відстані й безсило клацали штучними щелепами.

Місяців через три, взимку, пізно увечері, ти щось там додруковував при письмовому столі, коли раптом почув, як звідти, знадвору, гупнуло у вікно. Навряд чи це сніжка, подумав ти, і навіть не камінь, бо хто зможе закинути сніжку, камінь, грудку землі, шапку, пляшку, книгу, рукавицю чи будь-який інший предмет на висоту сьомого поверху? Але коли знайомо застугоніла поруч із вікном пожежна драбина, тобі зробилося досить зле. Підійшовши до вікна, ти розсунув штори. За вікном був Руслан.

— Ваня, — губами сказав він. — Впустиш?

Був майже такий, як тоді, тільки жовтаво-блідий, з чорними колами під очима, з тоненькою червоною цівкою, що бігла від кутика рота і зникала десь під підборіддям.

Ти відчинив вікно.

— На всіх поверхах вікна позаклеювані, тільки в тебе ні, — повідомив Руслан, сідаючи на підвіконня.

— Тобі не зимно? — запитав ти. — Адже настала зима.

— Мені не зимно. Мені ніяк, — була відповідь.

— А взагалі, як там?

— Колись дізнаєшся. Усе не так, як ви собі тут уявляєте.

— Ти добре зберігся.

— Дякую. Мене в десанті навчили падати.

— Чого ти прийшов?

— Тягне до знайомого місця. Знайомі запахи. Ти. Згадав про тебе.

— Дякую. До речі, мене звуть не Ваня.

— Я знаю, Ваня.

— Дурнувата вийшла смерть, ні? — запитав ти.

Руслан махнув рукою:

— Вона нічого не змінила у цьому світі. Мій батько відомий кінорежисер. Йому дали премію.

— Може, вип'ємо горілки?

— Дякую, не вживаю.

— Я забув...

— Пусте. Сьогодні відлітаю в Симферополь. Там моя дівчина. Зранку вона подумає, що я їй снився.

— Хочеш мою зимову куртку? В мене є ще одна.

— Перестань, камандір! Я не відчуваю зими. Мені все одно. Ти навіть не уявляєш, наскільки все може бути одно.

Але в кімнаті робилося зимно, і він зрозумів це.

— Не буду тобі заважати. Бувай. Колись, може, зустрінемося.

— Звичайно. Хоч я не вірив, що ви існуєте...

— Існуємо? — він сумнівно похитав головою. — Хто його знає. Розумієш, ти був останнім, кого я бачив, коли ще жив. Ти мені навіки в очах лишився. Твоє відображення. Якщо придивишся зблизька мені до зіниць, то побачиш себе. Я думав, ти встигнеш піймати мою руку...

— Вибач, старий.

— Пусте. Так мало статися. Шкода тільки, що все це трохи кепсько виглядало — розбризканий мозок, уламки ребер, стегнова кістка, що вилізла назовні десь аж через кишечник... Але не я перший, не я останній. І це головне. Зачиняй вікно, Ваня...

Він зробив плавний, невагомий крок убік і ступив на драбину.

— Зачиняй вікно, — повторив.

Ти зробив усе, як він сказав, і навіть зісунув штори.

Ночами довкола гуртожитку відбувалось якесь життя. Ти чув іноді крики, метушню, хтось когось бив. Іноді починала знайомо стугоніти пожежна драбина. Ти напружено вслухався в ці звуки, що наближалися. Четвертий, п'ятий, шостий поверх. Чи буде сьомий? Мене тут немає, повторював ти. Мене немає. І з головою накривався ковдрою. Тебе не було.

Ось тобі й маєш, дурню фон Ф., от що значить іти в душову, забувши про те, що двері до своєї кімнати не слід лишати відчиненими! Тепер вони сидять собі в тебе, усі втрьох, курять собі по-панськи, пашталакають і гигочуть. Пики позапухали, але настрій гарний. Найближчі твої друзі. Вчора ви разом пиячили до половини другої ночі. Вісім стоп'ятдесятиграмових коньяків, куплених в овочевому, дві шипучки «Салют», тоді ще два польські «полонези», виграні на більярді в якогось новосибірського розтелепи у цедеелі. Фінал відбувався вже в гуртожитку. Медичний спирт зі стратегічних запасів. Розчиняли спершу пепсі-колою, і це нагадувало арманьяк. По закінченні пепсі-коли в хід пішла солодка вода «Саяни», але ти передбачливо усунувся від цього атракціону. І, мабуть, добре зробив.

Безперечно, що тепер усі вони страждають і караються, але не каються, а навпаки — жадають пива і видовищ. А де можна відшукати пиво і видовища? А відшукати їх можна у пивбарі на вулиці Фонвізіна, російського драматурга-класика. І ти, до речі, ще ніколи там не бував. І сьогодні ще маєш таку можливість, а завтра вже буде пізно.

Ось які вони, твої братове по духу, себто по спирту.

Юра Голіцин, сорокарічний поет, освіта вища, але потім тюремна, хоча у вічко він зазирав не з боку камери, а з боку коридору. Тобто не зовсім щоб і наглядачем був, собакою, але й по печінках нікого не смалив — навпаки, був вихователем, хоч і цього не витримав урешті: запустив бороду і подав рапорт на звільнення. Вірші тепер пише досить саркастичні, як наприклад, «Роздуми в кооперативному туалеті». Зовні нагадує Івана Сергійовича Тургенєва, але початкуючого і значно шляхетнішого, ніж справжній.

Номер два. Арнольд Горобець, український південь, русскоязычное население, драматург-шістдесятник, популярний серед жіноцтва, але не більше, теж бородань, тільки гемінґвеївського типу, професійний актор, п'яничка, блазень і картяр, щира душа, дотепник, ще раз п'яничка, пройдисвіт, вірний товариш, шалапут, танцюриста і мочиморда, кулінар, м'ясолюб, ласощохлист, у театрі грав Юлія Цезаря, монологи якого виголошує й зараз на певній стадії пиятики, розводячи їх при цьому латинізмами, матюками і цитатами з партійних документів. Часто засинає одягнутим і вщент знесиленим, але прокидається раніше за всіх.

Третій — це, звичайно, Ройтман, але не той, що працює на російській (хе-хе) «Свободі». Він єврей. Він буде останнім євреєм, який колись покине цю землю, але все-таки колись покине. Чернівці вже не ті, що були, навіть Одеса вже не та. У нього пишне з сивиною волосся і очі, в яких живуть відблиски всіх поколінь від Адама до Христа. Його поезія схожа на містечкове літо — у ній повно трави, старого каміння й солодкої пилюки. Повно малих перукарень і порослих забуттям цвинтарів. Це скрипка соло. Учора його знудило вже після спирту з «Саянами».

— О, уже відмився, дарагой? — вітає твою появу у власній кімнаті Тургенєв-Голіцин.

— І навіть двічі, — відповідаєш, але їм цього не зрозуміти.

Ліжко в тебе ще розстелене, і ти, ніби ненароком, сідаєш на нього. А все тому, що разом з обміняною постіллю тобі недавно трапилося простирадло, на якому, за всіма ознаками, хтось когось позбавив цнотливості. І пляма не відпирається. Тож краще прикрити її, щоб не було зайвих триндінь на цю тему.

— Непогано б якось поснідати, — кажеш на всякий випадок.

— І я про те саме, — підхоплює Юлій Цезар. — Ми вчора домовлялись про Фонвізіна?

— Учора ми могли домовитися про що завгодно. Навіть про державний переворот. — Ти намагаєшся якось цьому протистояти, адже в тебе стільки справ, адже цей заплив у Пивне море добром не скінчиться, адже це буде чергова поразка твого духу в боротьбі зі спокусами й бестіями, ґарпіями й фуріями, проте, як завше, безхребетний, уже знаєш, що нікуди не подінешся.

— До того ж у мене мокра голова.

— Я позичу тобі кіпу, — каже Ройтман, і вони всі сміються.

— Я позичу тобі капелюха, парасолю, міліцейську фуражку, танковий шолом, — пропонує Голіцин.

— Слухай, фон Ф., труби горять, ходімо! — під'юджує Горобець.

— Труби зовуть, — додає Ройтман.

— То запхайте їх собі в ... — не надто образливим тоном висловлюєш побажання.

— Розумієш, нам не залежить на тому, підеш ти чи ні, — розважливо переконує Горобець, — хочеш ти пива чи ні. Нам ідеться тільки про те, щоби вберегти тебе від поганого товариства і паскудних впливів.

— Ми вболіваємо за тебе душею, — каже Ройтман.

— Ми любимо тебе, як наймолодшого брата, — зітхає Голіцин. — До речі, як ти знаходиш незайманих дівчат у цьому бардаку? — киває він на твою постіль.

Побачив-таки! Оком старого тюремного вихователя. Цікаво, чому доброму міг навчити бідолашних зеків цей шляхетний з вигляду монстр?

Насвистуєш замість відповіді якусь тужливу баркаролу.

— Тільки не треба нам розказувати, що ця кров текла з твого носа, — бере на понт Голіцин.

— Ну, хрін із ним. Ходімо, — кажеш, аби відвести тему.

— У тебе ж мокра голова, — шкіриться Ройтман.

— Все одно надворі дощ, — відбиваєшся.

А надворі справді дощ. Оті хмари, що зависли над містом тяжкою повстю, врешті прорвалися. І дощ обступив вас зусібіч. Холодний, хоч і травневий. Травень, а так, понімаєте, холодно, як сказав поет.

Останнім часом на пиво слід ходити з власними слоїками. Це нагадує ризиковані для життя виправи по воду захисників обложеного середньовічного замку. Якось так сталося, що в імперії раптом забракло кухлів. Може, всі кухлі завезли у Кремль на випадок громадянської війни? І коли повсталі маси підуть на приступ кремлівських мурів, члени політбюро жбурлятимуть у них кухлями, повними нечистот і гівна. Може, саме в цих кухлях, а точніше, в тому, що їх нема, і виявляється повна нежиттєздатність мами-імперії.

Так чи інакше, але ви бредете під холодним травневим дощем, обліплені порожніми слоїками, а повз вас пропливають калюжами автомобілі й тролейбуси, здатні не так когось возити, як обталяпувати брудними струменями з-під коліс рідкісних дощових перехожих. Це не травень, це якась вічна осінь. Настав той гіркий час, коли все навколо ламається і ніщо ні до чого не пасує. Тільки сутулі постаті кількох хронічних алкоголіків під намертво зачиненим з невідомого приводу сороковим гастрономом символізують якусь теоретичну можливість відродження і кращого майбутнього.

Ти гадав, Отто фон Ф., поплівшися у хвості за старими галичанськими уявленнями, що пивбар — це обов'язково затишна і суха печера на старовинній брукованій вуличці, де на вивісці симпатичний Чортик із округлим від зловживань кендюшком, де тьмяне світло, неголосна музика, а кельнер вживає незбагненне словосполучення «прошу пана»? Ти сподівався, що твої друзяки заведуть тебе у такий собі просяклий бурштином парадиз, куди не досягає дощ, грім, бум, мор, страх, путч, глад? Натомість маєш — пивбар на Фонвізіна, якась незбагненна конструкція, збірна-розбірна піраміда, щось наче ангар посеред великого азійського пустиря, зарослого першою травневою лободою. Ангар для пияків. Звідси вони вилітають на бойові чергування. І поміститися їх тут може кілька тисяч. Ціла пияцька дивізія зі своїми генералами, полковниками, лейтенантами і, як ти, салабонами.

Пивбар на Фонвізіна — це огром завбільшки з вокзал, але вокзал Київський, а не Савьоловський, такий собі колосальний відстійник перед брамою пекла. Але це ще не все. Існує ще не менший за площею шмат рівнини, обмежений металевими стовпами, на яких тримається пластиковий дах. Стін немає. Лише колючі дроти, під'єднані до загальної електромережі.

І для того, аби потрапити сюди, треба сплатити рубель. Мито для Вельзевула, інтереси якого при вході представляє криміногенний молодик у колишньому білому одязі. Причому кожен забраний Вельзевулом рубель не є чимось безповоротно втраченим. Його повертають тобі, його тобі воздають у вигляді риби, безрадісної сірої мертвої риби, якої б ти ніколи не вживав, коли б мав право без неї отримати своє пиво. Але права такого в тебе нема. Риба — це перепустка до пивного причастя, сакральний і смердючий символ, збережений ще, можливо, з часів раннього християнства. Збережений і спотворений, бо тут відбувається одна з блюзнірських мес, апокаліптична забава для горлянок і сечових міхурів.

Так. Риба піймалася, проте це ще нічого не ґарантує. Пиво! Заради нього слід вистояти довжелезну, але, на щастя, дуже динамічну, з лайками і бійками, атракційну чергу. Чергу, що закінчується біля вузесенького віконечка. І там, у ньому, живе пиво? Може, там сидить якийсь пивний архієпископ і по чайній ложечці причащає всіх спраглих? Ні, фон Ф., пиво живе не там. Воно вишумовує в автоматах, розташованих уздовж протилежної стіни цього тераріуму. А там, у віконечку, відбувається дещо інше: обмін паперового сміття, відомого під назвою «рублі», на вільно конвертовані двадцятикопійчані монети.

«Отакої!» — хочеться тобі крикнути, наслідуючи персонажів української радянської прози.

Обличчя Голіцина суворе й рішуче. І дуже зосереджене. Так виглядають майстри своєї справи при виконанні нелегких службових обов'язків. Хірурги над операційним столом.

Сапери при розміновуванні. Парашутисти в повітрі у мить, коли розкривається парашут і від динамічного удару стропи боляче б'ють їх знизу по яйцях. Голіцин подає короткі, наче помах сигнальним прапором, уривчасті команди: навсібіч не роззявлятися, з місцевими не дискутувати, приготувати по трюнделю, стежити за вивільненням столиків, а я, хлоп'ята, повоюю під автоматами.

Бо там і справді треба застосовувати силу. Кожна монета, вкинута в автоматну щілину, спричиняє лише коротенький невиразний плювок, у якому більше піни, аніж усіх інших пожаданих складників. Для того, щоб набрати бодай пів літра, треба таких монет вкинути теоретично п'ять, а на практиці сім-вісім. Бурякового кольору мутанти годинами труться попід автоматами зі своїми заслиненими слоїками в руках і добиваються справедливості в цьому найнесправедливішому зі світів. Їм здається, що автомати не доливають. Що в пиві забагато води. Що воно не пиво. Що люди навколо мають занадто мерзотні рила. Що непогано б декого з них...

Тим часом ви рухаєтеся до заповітного віконечка. Трирублеві папірці спітніли у ваших долонях в очікуванні розв'язки. Де ти, печеро скарбів, монетна яскине? Як далеко ще до тебе! Скільки разів доведеться ще ошкіритися погрозливо у відповідь на чиїсь цинічні домагання влізти поперед вас, поперед них, поперед усіх? Тут не жартують. Надто багато поставлено на карту.

Тепер роздивися уважно, хто тут є. Крім вас чотирьох.

А тут є суспільство. Як сверблять їхні груди, як печуть горлянки, як сльозяться очі! Які голоси, відбиваючись від пластикого склепіння, переповнюють простір ненастанним одноманітним граєм! Щось наче грегоріанський хорал для пропащих душ. Ораторія останнього дня.

Свого часу тебе навчали, що Римська імперія загинула під ударами рабів і колонів. Ця імперія загине під ударами пияків. Колись вони всі вийдуть на Красну площу і, вимагаючи пива, рушать на Кремль. По них стрілятимуть, але кулі відбиватимуться від їхніх проспиртованих непробивних грудей. Вони зметуть усе.

Особливо жінки. Вони є правдивою окрасою цього благословенного місця. Ходять у розкльошених штанах зразка сімдесят другого року (а може, вже зразка наступного року, дев'яносто другого?), з розпанаханими блискавками. Мають напівоблізлі голови. Пишаються своїми підбитостями й запухлостями. Від них тягне вигрібною ямою. Їхні ноги, певно, волохаті, мов у цариці Савської. Вони злягаються хоч би із собаками, але й серед присутніх мають коханців. Якщо їм вчасно не наллють пива, то вони рознесуть це місто разом із Луб'янкою та її казематами (тобто Внутрішнє Місто, Місто в місті).

Тому імперії слід було вчасно подбати про своїх пияків. Не воювати з вітряками лібералізмів чи націоналізмів, не полювати на відьму релігійності чи на примару правозахисництва, а єдине — подбати про своїх вірних пияків. Щоб вони завше мали чим залитися. Щоб вони любили своїх потворних жінок. Щоб вони відтворювали собі подібних дітей. І все.

Але імперія зрадила своїх пияків. І прирекла себе на розпад.

Бо тепер пиячать ва-банк, тепер кожна пляшка здобувається з ризиком і кров'ю в поті чола. Тепер заради неї просто гинуть, наприклад, упавши з висоти сьомого поверху.

Отак ви й подолали шлях до ясного віконечка. А там, на мішках двадцятикопійчаного срібла, сидить, виявляється, досить сексуальна фурія (гурія?), з очима, повними пива, і, як усі дешеві московки, фарбована на білу. Пані з перламутровим волоссям. Арнольд, як завжди, справляє враження. Встигають навіть пофліртувати через віконечко, хоча в потилиці б'є тяжкий нетерплячий перегар напосілих ззаду героїв суботнього дня.

— Мілая дєвочка, — підкреслює Арнольд, відходячи вбік.

— Ти монети порахував? — не довіряє Ройтман.

— У неї, здається, не було нічого під халатиком, — відповідає Цезар, облизуючи губи.

Монет у вас аж шістдесят. Кажуть, що в об'єднаній Німеччині радянські люди кидають їх до телефонних автоматів замість десятипфеніґових. Якщо це правда, то з такими грошима, як у вас, можна було б обдзвонити увесь світ, разом з Макао і Гонолулу. Але для цього треба спочатку перетнути кілька кордонів і як-небудь доперти, скажімо, до Мюнхена.

Ройтман тримає в руках тарілки з замордованою рибою. Голіцин воює за місце під автоматом. Ви з Арнольдом рушаєте до нього з порожніми літровими й одним трилітровим слоїком.

Спершу слід наповнювати тільки трилітровий. З нього потім питимуть усі, наливаючи собі в порожні літрові. Власне, з ними можна було б не пхатися аж сюди, під автомати,

але залишати без нагляду їх не варто — це стало б фатальною, дилетантською помилкою. Вони моментально зникли б. Довелося б (знову ж за три рублі) купувати порожні в одного з тутешніх сифілітиків.

Автомат, неквапливо з'ївши близько п'ятдесяти ваших монет, напшикав урешті сподіваних три літри. Наступного разу слід міняти куди більше, бо що таке три літри пива, коли надворі січе дощ, а вас аж четверо? Тому відразу ж займаєте нову чергу до розмінного віконечка з пивною секс-бомбою. Обережно, щоб ніяке падло не зачепило ліктем і не розхлюпало під ноги здобуту з такими зусиллями жовту рідину, несе трилітровий слоїк Юра Голіцин. Іван Сергійович Тургенєв з трилітровим слоїком пива. Сповнений шляхетності, гідності та рівноваги сивіючий письменник.

Вони люблять пити «на свіжому повітрі», себто під пластиковим дахом, під шум дощу і спів п'яних офіцерів. Тобі залишається тільки підкорятися, бо ти тут уперше і взагалі наймолодший, ти поміж ними шмаркач, синуля, бахур, пацан, і вони дбайливо оберігають тебе від можливих небезпек, які тут зачаєні.

Тут, наприклад, не можна дивитися на когось упритул. Нікого не слід роздивлятися надто уважно, прискіпливо. Це призведе до вибуху, до локального конфлікту. Слід виробляти у собі поверховий блукаючий погляд, який ні на чому не зупиняється. Байдужий нефіксований рухомий погляд.

Так, Отто фон Ф. Перед тим, як зробити перший ковток, перед тим, як зануритись у невідоме з непередбачуваним фіналом, перед тим, як зійти на примарне й спокусливе узбіччя зі стежки праведника, що її ти ледь-ледь намацав уві сні, зосередься і згадай, що ти планував на сьогодні.

Я, здається, повинен був зустрітися з Кирилом. Навіть маю десь його телефон. Це досить важливо. Це з приводу видання у Москві прогресивної української газети. Дуже добре. По-друге, я мав потрапити в магазин із фантастичною назвою «Дитячий світ». Я планував купити в ньому подарунки для дітей своїх друзів. А діти моїх друзів — це мої діти. Пречудово. По-третє, я намагатимусь не забути про одну з коханих мною жінок. Якщо вона вчора повернулася з республік Середньої Азії, то нині я мав би з нею любитися. Гарно.

Отже, головне, що ти все пам'ятаєш. Тепер пий своє пиво і слухай, як шумить дощ, як співають п'яні офіцери, як Арнольд розповідає театральні анекдоти, Ройтман — єврейські анекдоти, а Голіцин — тюремні анекдоти, дуже схожі на дійсність...

Тебе, друже, перемкнуло десь так між третім та четвертим слоїком, а може, між п'ятим і шостим походом до вбиральні, а може, щойно тоді, як Юра Голіцин-Тургенєв різко виклав на столик пляшку чогось червоного, крилато оголосивши «вино на піво ето діво». Дощ за кордонами пивбару не вщухав, хоча доходила друга пополудні і, за всіма передбаченнями дотепних синоптиків, уже давно мало б виглянути комуністичне сонце.

Це пастка, нарешті зрозумів ти. Вони всі змушені пити пиво. Але вийти звідси вже не вдасться нікому. Тут діється якийсь остаточний спектакль світової історії. Прибульців робиться дедалі більше. Дехто з офіцерів, які ще донедавна тримали рівень і так чудово співали, зараз уже заснув. Натомість приходять фарисеї та садукеї, азартні гравці, книжники, вбивці та содоміти, культуристи, лихварі, карлики, православні священники в порудfestival рясах, циркові комедіанти, сластолюбці, казахи, крішнаїти, римські легіонери. Треба подзвонити до Кирила.

— От нас тут зараз четверо, — чомусь каже Арнольд. — І кожен колись мав бабу...

— Нас четверо, — перебиває йому Голіцин, — і ми являємо мінімум чотири нації. І що, нам гірше п'ється від цього?

— Яких чотири нації, чому чотири? — нервується Ройтман.

— Ну, ти, Боря. Раз. Я русак. Два. Він з України. Три. А Горобець чотири.

— А Горобець хто? — допитується Боря.

— Яка твоя нація, Горобець? — вимагає правди Голіцин.

— Зараз я все поясню, — значуще підносить догори вказівний палець Цезар.

— Я, друзяки, піду до телефону, — кажеш рішуче.

— Тільки ні з ким не залупайся, — попереджує хтось із них. — Тут зараз валом усілякої шлої(...)ні. І де ти знайдеш телефон, я теж не знаю.

Але все це чуєш уже спиною. Десь же мусить бути телефон! Інакше як вони викликають міліцію? Адже Паша Байстрюк, сахалінський байкар, відрахований на першому курсі за систематичне зловживання чужими лосьйонами, саме звідси потрапив у районну каталажку, де його протримали півтори доби і де він співав пісні з-за ґрат, а також гукав просто в обличчя мєнтів: «Ви нас тут що, за убивць маєте?!» Причому, як виявилося, підстав для такого сарказму в нього зовсім не було, тому що ті троє тихих увічливих хлопчиків, що перебували за ґратами поруч із ним, Пашею, таки справді були вбивцями: у тому ж пивбарі, за чверть години після Пашиної звідти депортації, вони зарізали якогось випадкового невдаху. Але Паша Байстрюк цього не знав, він лякав чергового старлея своїм червоним спілчанським квитком з орденом Леніна на обкладинці, а ще виконував для всіх присутніх пісню з незбагненними образними алюзіями в тексті:

Отец мой был природный пахарь,
А я работал вместе с ним,
На нас напали злые люди,
И мы остались без конца...

Так от. Паша був гарний хлопець, але десь же мусить бути телефон, чи як? Чи вони викликають міліцію свистом? Чи, може, космічними каналами зв'язку? У залі хтось когось якраз мандячить по мармизі кулаками, а всі інші зацікавлено очікують розв'язки. Так йому, так, дай йому ще! І набилося ж їх до холери! Неможливо продертися. Хіба попри стіну до тієї блудниці з віконечка. Яке, до речі, вона зачинила, бо в неї перерва.

Обережно стукаєш у дерев'яні віконниці.

— «І о ділах рук Його віщує твердь», — каже на це пошарпаний мандрівний дідок, що зі своїм слоїком примостився поруч. Якийсь алкоголік-богослов.

За віконницями ніщо ані шешерхне, тож ти насилу видираєшся з зали шукати телефон коло входу. Там також зачинено, і аґент Вельзевула, що відає мертвою рибою, кудись запропав. Мабуть, вони всі пішли звідси, полишивши кілька тисяч своїх відвідувачів напризволяще. А самі подалися замолювати свої гріхи в очікуванні сурем останнього дня. Бо тут неподалік є церква «Нечаянная Радость». Назва ніби в борделю. А тим часом навпроти, під нужденними тополями, що аж ніяк не рятують від знавіснілого дощу, двоє місцевих зарізяк мотлошать стару бабу, видираючи в неї з рук торбинку. Вочевидь, прийшла спекульнути горілкою — й так не поталанило. Намагаєшся не дивитися в той бік, бо ще подумають, ніби ти заодно з нею. Більші риби пожирають менших.

Повертаєшся до зали. Бійка вже припинилася, і переможений розповзся по цементовій підлозі, а якась безноса мадам, ставши на одне коліно, витирає його залляту пащеку шматком газети. Ще декілька мерзотників стоять над ними і радять, як зупинити це темно-червоне виверження. Серед них і переможець, очевидно, близький товариш, брат, сусід, словом, великий друг побитого.

Повертаєшся до віконечка і знову грюкаєш — трохи твердіше, наполегливіше. Але звідти й далі ані звуку, тільки знайомий уже дідок, хитро посміхаючись, підкидає чергову цитату:

— «Стукайте у двері, і відчинять вам. Бо хто стукає, тому відчиняють».

І справді, старий пройдисвіт має рацію, поруч є ще двері, на які ти просто не звертав уваги. Штовхаєш їх досередини і потрапляєш у допоміжні приміщення, завалені порожніми коробками і чомусь картонами з-під яєць. Ідеш на людські голоси і врешті знаходиш усіх — і продавця риби, і голоногу кралю в халаті, і ще двох-трьох не бачених раніше дуболомів з тутешнього персоналу. Сидять, курять, п'ють пиво, до речі, з кухлів, мають для різноманітності й почату пляшку білої. Сім'я обіда коло хати.

— Я діко ізвіняюсь, — кажеш якомога ґречніше, — можно лі от вас позвоніть?

Вони вилуплюються на тебе досить посоловіло, однак мирно, хтось навіть, здається, киває головою, і ти йдеш до апарата на сусідньому столику. Вони тим часом усі разом говорять про щось дуже інтимне, бо білявка декілька разів повторює «ну, дала я єму, і улі?», а її партнери не те щоб якось цим обурюються, однак і не схвалюють, надто ж помічник Вельзевула, який повчальним тоном заявляє:

— Ти, криса, в слєдующій раз думай, кому дайош, а то зацепят нас...

— Што я, пісюха малолєтняя? — нервово затягується димом криса.

Потойбіч телефонного дроту довгі гудки, але після п'ятого з них чуєш бадьоре Кирилове «алло».

— Кириле, це я, Отто.

— О, дуже гарно! — поспілкувавшися з діаспорою, Кирило навчився тішитися з будь-якого приводу. — Коли будеш у мене?

— Я єму, мєжду прочім, сказала: «Как хочеш, но в рот не возьму, понял?» — розповідає своїм друзям «криса», і тобі доводиться перепитувати Кирила.

— Коли я буду в тебе? Розумієш, дощ. У мене мокра голова, я щойно мився. А надворі дощ, і йому немає кінця. Він витягає з мене душу. До того ж звідси неможливо вийти.

— Звідки? — не розуміє Кирило.

— Я потом Сашку прівєла, показиваю: «Смотрі што скотіна сдєлал — все трусікі порвал, в чом я тєпєрь буду?..»

— Звідки ти не можеш вийти? — дошукується істини Кирило.

— Ну, власне кажучи, з гуртожитку, — здобуваєшся на відповідь. — Такий дощ, неможливо вийти...

— Дьорнєш? — запитує тебе один із бевзів, наливаючи пів гранчака білої.

— Спасібо, шеф.

— Що? — кричить у слухавку Кирило.

— Карочє, Настьона, — інструктує «крису» продавець риби, — єслі опять етот мудак об'явітса, ти Васільку скажеш, ясно?

— Само собейшн, — видихає дим Настьона, — я єму сама х(...) откушу...

— Кириле, я тобі за пів години подзвоню, гаразд?

— О'кей, добре! Але не пізніше, прошу. Є купа справ.

— Домовились.

Кладеш слухавку, а в руку береш натомість запропонований гранчак.

— Спасібо, рєбята. За ваше свєтлоє будущеє.

Вони мовчать і дивляться на тебе. І коли ця рідина опиняється вже частково у твоєму стравоході, починаєш розуміти, що то зовсім не горілка, а їдка, безпощадна самогоняра. Однак уже пізно. Сяк-так пішло. Зі сльозами.

— Слиш, друг, тєбє подруга на вєчєр нужна? — запитує один із них.

Витираєш рукавом вуса і дивишся на гострі зубки Настьони.

— Спасібо, очєнь занят, рєбята...

— А яйца возьмьош? — пропонує рибник. — Здаю большую партію. Оптом.

— Спасібо, спасібо, — повторюєш і йдеш геть.

Виходячи з лабіринтів допоміжних приміщень, спотикаєшся об ті самі, накидані всюди, порожні коробки. В очах застрибало ще веселіше.

Коли я п'яний, то, дивлячись на інших, гадаю, ніби п'яні всі вони. Зауважую купу дошкульних неточностей та незугарностей у рухах. Особливо в ході. Зрештою, зараз я недалекий від істини. Тут усі п'яні, не лише я. Це сталося через дощ. Ми всі дуже нещасні.

Нещасні, жалюгідні виродки з розкоординованими рухами.

Але то я в усьому винен. Я накликав цей дощ, сотворивши сьогодні вранці, в душовій, маґічне дійство з невідомою темношкірою жрицею. Так мені й треба. Я пишаюся цим.

Підходиш до столика, де твої побратими по перу ще раз оновили трилітровий слоїк, укотре наповнивши його.

— І тому я наполовину, — закінчує Юлій Цезар довгу й заплутану розповідь про свою національну приналежність.

Пора б уже звідси вигрібатися. Розмова з друзяками потрапила в колаптичну безвихідь. Ніхто до ладу не розуміє, що хоче сказати, але кожен щось говорить. Це радше розмова чотирьох імбецилів, яким просто подобається вимовляти певні слова — прекрасні, піднесені, а також паскудні й ниці. Вони тішаться звучанням. Слова не тримаються купи, кожне з них живе своїм п'яним окремим життям. Бо кожен із вас — майстер художнього слова. Окремого художнього слова.

І дощ, дощ, який не вщухає, і пики, пики, їх усе більшає, вони розмножуються діленням і плавають довкола вас, наче риби, глибоководні плескаті риби з дна найчорніших океанів.

Але всі брами вже розчахнуто, і ви стоїте на протязі, на лютому азіатському вітрюгані, який зносить піну зі столів та слоїків. Ця держава ще продукує дещо. Наприклад, летючу піну з кислим нудотним запахом.

Тобі зле, фон Ф. Тебе морозить. І трохи нудить. Пора б уже звідси вигрібатися. «Дитячий світ» чекає, Кирило чекає, Україна чекає, втомившись без своєї газети в Москві, а ти тут розталяпуєш дурним язиком про святу необхідність кожному йти своїм окремим шляхом. Бо що єднає тебе з узбеком за стіною, крім стіни? З узбеком, котрий вічно готує плов і потім заманює на його тлустий запах не одну голодну студентку. І напихає її пловом, набиває її пловом, як опудало тирсою, і вона ціпеніє, робиться опудалом, і тоді він пече її, а в неї з рота і з носа сиплеться плов. А ти, фон Ф., ніколи не навчишся готувати плов. І що єднає тебе з Худайдурдиєвим, понурим і товстим, як євнух, у зв'язку з чим дехто називає його «худий

Дурдиєв», з туркменом, котрий щовечора, рівно о дев'ятій, у спортивних штанах виростає перед телевізором, бо не життя йому без програми «Час»? І що єднає тебе з Єжевікіним, котрий заходить у чужі кімнати не постукавши, бо вважає себе господарем на всьому просторі — від Карпат до Тихого океану? І що єднає тебе з Благолєповим, у котрого тесть — генерал кагебе, але, незважаючи на це, Благолєпов пише духовні вірші про Сергія Радонезького, дихає за йогівськими системами і називає себе учнем Реріха, хоч насправді всі упевнені в тому, що він стукач? І що єднає тебе з Шурою Гороховим, котрий шукає універсальний знак буття, тож забуває віддавати позичені гроші? І що єднає тебе з Олегом Сексопатологом, котрий вивчив французьку мову тільки для того, аби читати «Війну і мир» в оригіналі? І що єднало тебе з Пашею Байстрюком? Що єднає тебе з кожним із них і з усіма іншими?

— Кожен з нас однаково дихає, п'є, кохає, смердить, — виголошує щось потаємне Юра Голіцин.

— Значить, ми створені для того, щоб бути разом. Світ об'єднується в ім'я загальнолюдських цінностей, — вторує Ройтман. — А ми?

— Тобі легко про це булькати, пам'ятаючи, що, на всякий випадок, десь там, на Близькому Сході, ти маєш свою державу, свою окрему державу...

— А держава — це монстр, це стихійне лихо, — потрясає гемінґвеївською бородою Цезар.

— Чому ви, націоналісти, так прагнете розбігтися? — питає Голіцин. — Чому зненацька всім так закортіло розлучення? Адже в нас багато спільних дітей! Адже це великий досвід братерства, коли всі разом ділять єдине лихо. Чому, націоналісти, скажіть мені?

Кожну з вимовлюваних фраз він чітко відмежовує гиканням.

— Якби я був націоналістом, то відповів би тобі, — кажеш повільно й виразно, аж занадто повільно, занадто виразно. — Але який з мене націоналіст, коли я отут з тобою п'ю пиво?

Ця логіка незламна. Голіцин подає руку і довго тисне її. Він славний хлопець. У ньому немає ані краплі дурного імперського шовінізму. Але він дуже любить братерство. Свободу. Рівність.

— Учора ввечері я подумав про те, що Бога немає, — сумовито інформує Ройтман.

— Учора ввечері? — дивується Горобець. — Ти зобов'язаний думати так завжди. Згідно зі статутом тієї б(...) партії, до якої належиш...

— При чім тут партія? Справа не в тому. Я подумав, що Бог, справжній Бог, а не надуманий, фіктивний, ніколи не допустив би існування націй...

— Як не допустив би чуми, сифілісу, ядерної бомби, — погоджується сизоносий випивоха, який виринув на хвильку біля вашого столика і поплентався кудись далі.

— Бо це те, що не дає людству бути добрим і світлим, — продовжує Ройтман. — Це те, що робить нас вузькими і заздрісними, наповнює нас гівном. Як багато чорної енергії накопичилося повсюди тільки тому, що існують нації...

— І єврейська також? — підморгує Горобець.

— Будь-яка, і не треба мене на цьому ловити!

— А я тебе не ловлю — ти вже давно спійманий. Бо ти досі не вийшов зі своєї злочинної партії. Ти кажеш про чорну енергію і вдаєш, ніби не бачиш її першоджерела. Якого ти хріна ще досі звідти не вийшов? Ти знаєш, як я до тебе ставлюся. Але як ти міг не вийти після цих людських кишок, намотаних на танкові гусениці? — очі Юлія Цезаря п'яні, однак допитливі.

— При чім тут партія? Всюди свої падлюки. В інших партіях — свої падлюки...

— Інші партії на танках не їздять, — устигає випалити Голіцин між двома черговими гиканнями.

— То ще поїздять, — піднімає голову сплячий за сусіднім столом офіцер з маленькими танками у петлицях.

— Я заборонив би всі партії.

— І я.

— І я теж.

— А тих, які почали би створювати партії в підпіллі ви, певно, усували б? — єхидно з'ясовуєш ти.

— Я нищив би їх, як тарганів, — киває головою інвалід з дірявою гармошкою в руках. — Унічтожал би, как тараканов! — додає він.

— Отакі з них демократи, — каже на це голомозий крішнаїт, загорнутий у рожеве простирадло.

— Отакі з них демократи! — повторює за ним горобець, тільки не Арнольд Горобець, а маленький сірий пташок, що пострибує собі між столиків і щось там покльовує в пивних калюжах.

— Ми вчора говорили про щось подібне. Після коньяку, здається. — Треш гаряче чоло, ніби увесь час забуваєшся. — Ми вчора про все це говорили, також і позавчора. Бо ми щодня хляємо, от уже скоро два роки, а від цього пробуджується наша громадянська активність. До того ж тепер свобода слова. І виявилося, що за свободи слова — одного, окремо взятого слова — ми можемо говорити тільки одне й те саме. Але щодня. Ось уже два роки ти, Цезарю, намагаєшся з'ясувати, чому Боря ніяк не вийде з партії. Ти, Юрку, переконуєш, що не слід розбігатися. Ти, Ройтмане, щодня інформуєш про неіснування Бога. Тепер послухайте одного разу, курва мать, мене. Як наймолодший, я мовчав два роки. Дайте мені слово. Одне слово.

— Дайте хлопцеві слово! — твердо вимагає інвалід з гармошкою. — Ну, дайте йому слово! Чуєте?!

— Цікаво, цікаво, — підводить ще одну голову, також п'яну, триголовий офіцер.

— Гей, заткайтеся, мудодзвони! Усі слухають! — перекриваючи баритоном шум дощу і ревище пивбару, виголошує один із присутніх священників. Бороду й вуса має геть обляпані піною.

— Говори, — шепоче велетенський сом, крадькома визираючи з-під плаща якогось іхтіолога.

І ти чуєш, як раптово все замовкає. Не тільки територія під пластиковим дахом, відгороджена колючим дротом, а й найдальші заглибини пивбару. Тільки дощ ніяк не спиниться. Але хрін з ним.

Починаєш говорити, наблизивши до рота порожній слоїк, і це дещо підсилює звучання твого голосу, це такий мікрофон, без нього ти почувався б не так упевнено. А ти маєш про що говорити і що їм сказати. Навіть той закривавлений бідолаха зібрав докупи свої рештки з цементованої підлоги і, підтримуваний попід руку безносою супутницею, виповз таксяк сюди, аби краще тебе чути й бачити.

— Я готовий обійняти кожного, — твій голос ще трохи тремтить від хвилювання, але вже набирає ораторської сили. — Я готовий подати руку кожному на цій землі. Бо всі люди створені, курва мать, для щастя, хоча розуміють його кожен по-своєму. І в цьому немає нічого страшного чи осудливого, і я відкручу останні яйця тому, хто думає, ніби в цьому є щось погане. Бо нас так мало і ми такі маленькі в порівнянні з холодною космічною пусткою, що аж ніяк не можемо собі дозволити розкіш взаємної ненависті чи територіальних претензій. Тим більше, з причин партійних, національних або расових. Кажу так, бо маю на це право, бо не далі як нині вранці в мене були статеві зносини з кольоровою дівчиною в душовій. Мене не цікавило, якої вона нації. Тим більше, до якої належить партії. Тим більше, не дратувало, що колір її царственої шкіри інакший, ніж у мене. Більше того — мені було приємно, що в неї не такий колір шкіри. Своїм членом я на декілька незабутніх хвилин поєднав далекі континенти, культури, цивілізації. Я привів їх до спільного знаменника, тобто, перепрошую, сім'яника. І тому я не можу мати ненависті до Росії та росіян...

Але зараз, коли я п'ю кисле пиво посеред пустиря, обгородженого стовпами й колючим дротом, коли вітер зусібіч шмагає моє мокре волосся, коли навколо — суцільна велика азійська, перепрошую, євразійська, рівнина, перепрошую, країна, зі своїми власними правилами й законами, і ця країна має здатність рости на захід, поглинаючи маленькі народи, їхні мови, звичаї, пиво, поглинаючи також великі народи, руйнуючи їхні каплиці й кав'ярні, а головне — затишні сухі борделі на вузеньких брукованих вуличках, то я не можу склавши руки просто спостерігати і мовчати, ніби я хрін проковтнув. Мій товариш показав мені не так давно старі поштові картки з пейзажами того міста, де я живу. Цим карткам десь по п'ятдесят років. Але я закричав: я хотів би жити в цьому місті! Де воно?! Що вони з ним зробили?! Де моє право на моє пиво?! Це був повний атас!

Тому я за повне й остаточне відокремлення України від Росії! Хай живе непорушна дружба між українським та російським народами! Повірте мені, що між двома цими фразами немає жодної суперечності. Я бажаю великому російському народові щастя і процвітання! За наше і ваше пиво!

Якусь мить по закінченні твого виступу ще триває цілковита напружена тиша, яка раптом вибухає несамовитими, бездонними, безмежними оплесками. Вони заглушили навіть дощ, навіть вітер. Усі ці люди вже так давно хотіли почути це від тебе. Нарешті ти з'ясував для них усе. Відтепер... Віднині все буде добре. І ти, розкланюючись навсібіч, хапаєш у руки торбу й рішуче прямуєш до виходу, але тебе зупиняють, аби подякувати, потиснути руку, привітати з гарним виступом, і ти бачиш сльози в їхніх очах, і хтось навіть дарує тобі загорнутого в газету мовчазного доісторичного сома, витягнувши його з-під плаща. І коли ти минаєш при виході

Вельзевулового помічника, той обіймає тебе і незґрабно, соромлячись, цілує кудись під ліве вухо, а потім ще довго аплодує тобі вслід, а з-під жалюгідних тополь аплодують тобі двоє місцевих шкуродерів і стара немічна спекулянтка, яку вони щойно мотлошили...

Твоє чоло горить під холодним травневим дощем.

У цьому місті, кажуть, живе мільйон українців. Себто Москва — найбільше у світі українське місто. Тут кожен десятий має прізвище на «енко». Але як їх розпізнати? Адже за останні триста років ми досить уподібнилися до цих суворих північан. Чомусь почали народжуватись інші українці — свинооокі, з невиразно-заокругленими пицями, з безбарвним волоссям, яке існує тільки для того, щоб вилазити. Вочевидь, природне бажання наших предків якомога швидше випнутися у великороси призвело до певних пристосуванчих мутацій. Наші славні пращури інтенсивно зривали із себе й своїх нащадків чорнії брови, карії очі, ніженьки білії, вустонька медовії й тому подібне націоналістичне причандалля. Останні сімдесят років зробили цей процес необоротним. Переконуватися в цьому недовго: достатньо пройтися вночі Київським вокзалом і подивитися на цих сплячих товстих людей у поганому одязі: херсонських, житомирських, вінницьких, кіровоградських, зачепилівських, зателепанських, замудонських, леніноб(...)ських, дзержинох(...)ських, та — що там! — і львівських теж...

Мені тяжко уявити собі естонців, які принижено сплять по московських вокзалах. Мені легше уявити собі в цій ролі, наприклад, туркменів. Але в тому й нещастя імперії, що вона вирішила поєднати непоєднуване — естонців з туркменами. А де на її мапі ми, українці? Десь посередині? Це мало втішає.

Тепер будь-який тутешній шовінюга має всі підстави казати: «Да ми єдіний народ! Ми вєдь даже внєшнє нічем не отлічаємся!» І слабкими будуть мої арґументи про Пилипа Орлика й козацьке бароко. Або про Веделя і заквітчаний барвінком меч. Бо він лише кивне головою на оцих сплячих товстих людей, нещасних і вбогих, але навіть несвідомих того, що вони нещасні і вбогі. Лише кивне головою.

Тому, Ваша Королівська Милосте, таким необхідним і рятівним уявляється мені Ваше повернення в Україну. Ваш аристократичний еуропейський імідж, ваш блиск і Ваш лоск, Ваша харизматичність (див. словник), Ваша Богопомазаність можуть сотворити нині новий національний міт, сліпучий ідеал, Ви засяєте провідною зорею для всіх цих сплячих по московських, петербурзьких, ашгабадських, сахалінських, уренгойських, мочегонських, красножопських вокзалах «енків»! З нетерпінням чекатиму Вашого повернення та тріюмфального сходження на Київський престіл. Завжди Ваш, Отто фон Ф., український поет.

Цього листа до короля Олелька Другого (Довгорукого-Рюриковича) ти склав, уже сидячи у 18-му автобусі, десь поміж зупинками «2-й Гончарівський провулок» та «Вулиця Яблочкова».

А до автобуса ти всідав згідно з інструкцією. Бо це важлива державна справа. Чекаючи на автобусній зупинці, витягнути квиток з кишені/торбини і, піднявши його високо над головою у витягнутій правій руці, увійти до автобуса. У салоні негайно закомпостувати, користуючись для цієї мети компостером.

Принаявні проїзні документи багаторазового використання освідчити вголос усім присутнім. Одного разу до автобуса всіли дві приємні субтильні панночки і сказали: «У нас місячні». Відповідно до інструкції.

На «Вулиці Яблочкова», як завжди, напхалося повно в'єтнамців у дитячому радянському одязі. Вони про щось між собою повискували, але ти змушений був перервати й нашвидку завершити укладання листа до Його Королівської Милості, позаяк усвідомив зненацька, що розумієш кожне їхнє в'єтнамське слово.

— Чув ти, коханий друже, як удосвіта нині кричала мавпа в гірських лісах? — запитав один.

— І мавпа кричала, і барабан бив, і пив я до ранку вино своє в холодній альтанці під відквітаючою сливою, — відповів на це другий.

— І я до ранку заснути не міг — так шумів бамбук під моїм вікном, так співали рожеві фламінґо на озерах...

— Прощаючись з милим товаришем, великим поетом і каліграфом, скликав я співачок і влаштував йому на дорогу бенкет. Грали нам співачки на цитрах, грали ми співачок нефритовими своїми прутнями, гарно співали співачки, ніжно наші вуха кусаючи. Одна з них була лисицею, інша — переодягнутою принцесою. Аж удосвіта поїхав мій товариш, поет і каліграф, у свої гори, довго прощався, і сльози його з вином змішалися, і лисицю він забрав із собою, а переодягнуту принцесу мені лишив, та коли я повернувся в хатину, бачу лишень рожевий лотос на ложі. Зникла навік принцеса. Може, й не було її?

— А під пагодою Золотого Дракона відбувалося вчора свято Мандрівних Ліхтарів. Бачив я на ньому, як віяло загубила найкраща з імператорських наложниць. Несли її в горіховому паланкіні повз мене, і впало віяло на траву. Так і не заснув я минулої ночі, вдихаючи пахощі загубленого красунею віяла...

— А бамбук під вікном до ранку шумів, і чути було, як він росте, з-під нігтів росте, дірявлячи шкіру...

— У сімдесятому я точнісінько так прикінчив американця — з двадцяти метрів попав ножем йому між лопатки...

— А куди сховали вчорашнє тіло?

— Поки що лежить у моїй кімнаті. Сьогодні, коли стемніє, спущу його разом з усіма тельбухами в каналізацію...

— Він справді хотів насилу відібрати ящик горілки?

— Він хотів купувати її по тридцять леніних пляшка, я продавав по тридцять п'ять. Тоді ми сторгувалися по тридцять три, і ящик пива він теж захотів купити. Але побачив, що в кімнаті сам... Він же не знав, що я клав американців і більших за нього. П'яний був, горілкою смердів. Великий білий лантух...

— Бо що є людина, як не піщинка, а світ є тільки страждання, і найбільше, що може дати він нам, — це відібрати буття...

— І так вчить Будда, і так вчив товариш Хо Ші Мін...

І по цих мудрих словах усе невиспане розбійницьке кодло вийшло з автобуса. Хтось розповідав, що вони дуже шанують великих білих братів. Як і маленьких чорних комах.

Зупинка «1-й Дмитровський проїзд». Попереду — широченна, залита дощем, перспектива Бутирської. Позаду — Дмитровське шосе, але туди нині їхати не варто, хоч там і є готель «Маладьожная», в якому Єжевікіну, за його розповідями, іноді траплялося замовити в номер відразу двох дівчаток, делегаток комсомольської конференції.

До речі. Про кохання. Здається, Галя вже приїхала з експедиції. Чи не забігти? Якого дідька лазити по цій просяклій водами Москві напідпитку та ще й з підвищеною температурою? Зранку нічого не ївши, крім кількох плавників мертвої риби з пивбару на Фонвізіна? Звичайно, слід подзвонити до Галі. Одне з твоїх кохань. Гра пристрастей і тонких психологічних нюансів. Садомазохістичні етюди. Сценки з життя збоченців. Двобій еґоїзмів. Школа нового кохання. Ух!..

Зупинка «Тролейбусний завод». Тролейбусна заводь. Не смішно.

Куди все-таки їдеш, фон Ф.? Не забувай же про дітей своїх друзів, про Кирила, про дане тобою слово.

Розумієте, любі мої докори сумління, справа така. Існує тисяча способів, як потрапити до магазину «Дитячий світ». Наприклад, не виходячи з цього автобуса, не рипаючись нікуди, преспокійно дотруситися до пам'ятника йоханому Дзержинському і, косуючи правим оком на архітектурний комплекс Луб'янки, зійти в підземний перехід, аби виринути з нього вже перед «Дитячим світом». Можна скористатися цим способом, тим більше, що вже зупинка «Бутирська, 46».

Але існує ще так багато інших, не менш цікавих способів, любі мої докори сумління, доктори сумління. Наприклад. Зійти зараз навпроти Савьоловського. Потелефонувати до Кирила і попередити його, що трохи затримаюся, але обов'язково буду. Сісти в метро. Серпухівською лінією домчати аж до станції «Боровицька», що під самим Кремлем. З «Боровицької» перейти на «Арбатську», але не Фільовської лінії, а Арбатсько-Покровської, бо існують дві цілком різні станції метро «Арбатська», як і дві цілком різні станції метро «Смоленська», за що декому дуже годилось би надавати по рогах. Але в тридцяті роки таким чином хотіли вкінець заплутати англійську розвідку.

Так. «Савьоловський вокзал» ти, голубе, вже проїхав. Що ж, викладай далі. Цікаво, яким чином ти, п'яне одоробло, доберешся зі станції метро «Арбатська» Арбатсько-Покровської лінії до магазину «Дитячий світ»?

А дуже просто. Я вийду з «Арбатської» на Новий Арбат, себто на проспект імені мудака Калініна, і йтиму ним аж до кіноконцертного залу «Октябрь». Там, до речі, зовсім поруч є «Мелодія», з якої нарешті заберу свою касету з Майком Олдфілдом. А тоді попензлюю праворуч. І там, на чудових старих вуличках, у цьому еклектичному заповіднику струхлявілого московського модерну, десь поруч із амбасадами Грузії та Литви, є один фантастичний будинок, з якого ростуть дерева. І в ньому ніхто не живе. Крім Галі.

Але «Дитячий світ», фон Ф.! Ти ще ані на крок не наблизився до нього!

Спокуха, друзі! Я побуду в Галі з годинку, поснідаю, можливо, раз потелефоную до Кирила, домовлюся з ним на точний час. Тоді, перетинаючи вулиці Воровського, Герцена і те де, повз церкву, де Пушкін мав необережність вінчатися, вискочу на Бульварне кільце. А там уже елементарно. Там у мене ціле розгалуження варіантів. Цілий ліс варіантів. Лабіринт варіантів. Що це ми, до речі, проїхали? «Сущовський вал»? Ні, Сущовський уже був. А-а, «Вадковський провулок», про який я спочатку думав, що він «Лобковський провулок»...

Отже, на Бульварному кільці можна здолати дві зупинки будь-яким тролейбусом або дійти пішки до станції метро «Пушкінська» на Пушкінській площі. А тоді — лише один перегін під землею до станції «Ковальський міст». І все. І виходжу поруч із «Дитячим світом» тільки з іншого боку — не від пам'ятника Дзержинському, а від пам'ятника Х(...)нському.

Хоч наразі я щойно минаю Бутирську тюрягу. Згадується з Андруховича: «Я щодня тут їжджу попри в'язницю. Мене вчать любити всю цю країну». Гарні рядки, чорт забирай.

Але існує ще кращий варіант. На Пушкінській площі не конче збігати у метро. Можна дочекатися цього ж таки 18-го автобуса, який везе мене зараз, і дотруситися ним до згадуваного вже пам'ятника хай не кажу кому.

Ну-ну, фон Ф., дай тобі Бог не збитися з цього шляху. Бо щось увесь цей прохід вельми сумнівно виглядає. Нагадуєш тепер одну з поезій Рембо. Тільки ти не п'яний корабель.

Корабель — це занадто красиво для тебе. П'яний бульдозер, от ти хто.

І не треба так пристрасно дихати в потилицю дівчині перед тобою. Вона, хоч і схожа чимось на повію, а проте ще школярка, он навіть фартушок має білий. І не надумай переслідувати її в метро. Ти ж хочеш до Галі! Гей, фон Ф., зупинися, що з тобою, куди несе?!

Шкода, що дівчина утекла. Мені здалося, що в неї вишнева конфітура на губах. Я хотів лише злизати ту конфітуру, не більше. Іноді в житті хочеться чогось солодкого. Якоїсь карамельки, наприклад.

Але я вчасно зійшов. Станція метро «Менделєєвська». Названа так на честь Блокового тестя. Чи на честь мого тестя буде названа яка-небудь станція метро? Навряд. І тестя в мене, зрештою, вже немає. Хоч, здається, колись я грав з ним у шахи.

Галя зриває слухавку відразу, не встиг ще перший гудок закінчитися.

— Ти...

— Я.

— Як справи?

— Ти приїхала?

— Так.

— Я зайду...

— До мене? — якомога більше байдужості в голосі.

— Я хочу тебе бачити! — якомога більше нетерплячості й палкості.

— Заходь...

— Але ти цього, здається, не хочеш?..

— Заходь уже, — зітхання, байдужості відчутно поменшало.

— Ні, якщо тобі неприємно, я не буду...

— Заходь, чекаю! — з байдужістю в голосі переможно покінчено. Але й з розмовою теж.

Короткі гудки. Тутешні телефонні автомати вміють познущатися досить витончено. І монет більше немає. І це в мить, коли твоє серце сходить кров'ю.

А Кирилові доведеться ще трохи почекати твого дзвінка. Часу, до речі, ще море. Всього лише третя.

Тепер, Ваша Королівська Милосте, всезацніший Олельку Другий, дещо з історії моїх кохань. Вас це аніскільки не стосується, проте хочу, аби й Ви, Ваша Щиросте, знали про сердечні муки васалів своїх.

Біда моя полягає в тому, що я вчасно не одружився. Або в тому, що я невчасно разлучився. Але це сталося ще в іншому житті, за тих глабословенних, як каже один мій знайомий поет, часів, коли я був хронічним алкоголіком. Бо це зараз я тримаю себе в руках і майже не хляю, а років так із три тому мій фас і профіль знали в усіх витверезниках України. Потім одна з таких жінок, що совгаються попідвіконню витверезників і підбирають собі до смаку викинутих звідти на асфальт бідолах, зупинила свій примхливий вибір на мені. Привела додому, помила й нагодувала гарячою юшкою. Уночі вона краще роздивилась мене. «О, — зраділа, — та ти ще цілком молодий!» (А я тоді справді був навіть не тридцятилітній...)

Отож вона вирішила закріпити мене за своїм ліжком. Мріяла про те, щоб я взагалі ніколи з нього не вставав. Натомість купувала мені одяг, їдло і всяке таке, навіть сигарети «Кент», бо радянських я не хотів. Цілими днями я з кутка в куток крокував по її квартирі і думав тільки про неї. Вона справді дивним чином украла в мене серце. Найменше мене пригнічувало те, що була вона на десять років старшою. Уночі, коли ми доглибно пізнавали й вимацували одне одного, ніякої вікової різниці не відчувалося. До того ж приблизно у той самий час я водив до майстерні свого приятеля художника одну десятикласницю, Віку, котра, своєю чергою, була на десять років молодша від мене, себто природа сама встановила в усьому рівновагу і мудрий баланс. Особисто я дуже тішився з того приводу, що віковий діапазон моїх коханих дорівнює цілому поколінню.

Цю десятикласницю я кохав за те, що вона вміла слухати. Віршів моїх не любила й не розуміла, але вдавала, ніби шаліє від них. Сама ж тільки мріяла, аби швидше впасти на тапчан і повертітися. Тоді я почав вибирати навмисно довгі й ускладнені речі, щоб вона довше показилася. Коли забракло моїх власних, бо я ж не фабрика метафор, почав непомітно (вона все одно не розумілася) підсовувати їй вірші своїх друзів. Вона аж здригалася, коли я, екстатично закотивши очі й фіксуючи інтонаційно всі без винятку розділові знаки, починав їй читати яку-небудь верліброву поему рядків так на вісімсот. Одного разу в неї почалась істерика під «Осінні пси

Карпат». Іншого разу вона кінчила під «Футбол на монастирському подвір'ї». Я був страшенно задоволений.

Якось вона влаштувала мені сценку, по-дитячому наївну і потворну, заявила, що через мене зненавиділа поезію на все життя. Але солодкою оргіастичною ненавистю. Виявляється, вона страшенно мріяла по закінченні десятого класу вийти за мене заміж. Я на це сказав своє «зась», хоч дуже любив її, й остаточно зосередився на жінці, назвімо її пані М., котра підібрала мене під витверезником.

Але природа не терпить дисбалансу. Пані М. усе частіше й палкіше згадувала своїх попередніх чоловіків та коханців. Чомусь раптово з'явилася в неї така дивовижна риса. І це в хвилини найбільшої інтимності. Мало того — почала випадково називати мене іменами моїх попередників. Невеликою втіхою для мене було те, що, як вона пояснювала, їй подобається виключно певний тип мужчин, і я був дуже схожий зовні на кожного з її колишніх партнерів. А я, щиро кажучи, справді маю зовнішність, як у багатьох. Чомусь мої батьки не сотворили мене монстром з ґулею на потилиці чи рогом поміж бровами. Так уже якось вийшло. І все ж маю таке переконання, що внутрішньо я не схожий ні на кого. Тому мене дратували ці її повсякденні мимовільні помилки, коли зненацька я повинен був відгукуватися на якого-небудь Валеріяна, Освальда чи взагалі Михайля.

Скінчилося тим, що я не витримав і пішов. З десятикласницею ми на той час саме дочитали «Магабгарату», яку вона, неповнолітня дурепа, щиро сприймала за мою оригінальну поему. Перейти до «Одіссеї» мені не вдалося — виявилося, що вона щось таки вивчала про неї у школі. Таким чином мене було викрито, і мені залишилося з гідністю розірвати навіки наші стосунки.

Гіркота мого тодішнього існування вимагала якогось виходу. Покинутий і зраджений майже всіма, крім кількох малоцікавих побратимів по буху, я вибрав нарешті втечу до Москви. До речі, москвофільства, Ваша Королівська Суворосте, немає в мені ані на копійку. Якби в тих умовах я мав можливість утекти до Києва, Рима, Нюрнберґа чи Сан-Франциско, то, безперечно, ніяка Москва мене й не побачила б. Але втекти можна було тільки сюди. Щоб заховатися на сьомому поверсі смердючого будинку поблизу Останкінської телевежі.

Москва підсунула мені ще кілька кохань. Спочатку одну критикесу, яка з'являлася двічі на рік і з якою ми передивилися майже всього Фелліні. То був досить цікавий випадок — словесний секс. Наші статеві зносини полягали в розмовах. Ми до деталей обсмоктували якого-небудь Казанову чи, скажімо, маркіза де Сада, сипали цитатами з Розанова, Фройда і Соловйова, наші язики, зволожені в'язкою солодкавою слиною, замінили нам увесь комплекс чуттєво-тілесних задоволень. Ці розмови тривали десь до другої ночі, аж поки, вкінець знеможені і щасливі, ми не розходилися спати по різних кімнатах. І жодного разу не спали разом. Настільки вичерпували нас оті розмови. Настільки вони виявлялися самодостатніми. У мене було кілька досягнень щодо неї. Наприклад, я навчив її розрізняти поняття «фалос» і «пеніс». Бо вона раніше думала, що то синоніми.

В один з її наїздів трапилася мені Олександра. Час від часу вони сходилися в моїй кімнаті відразу вдвох. Тоді кожна починала свою хитромудру гру, вичікуючи, коли інша забереться геть. Я з того всього заварював чай і покурював. Подумки дивувався власній скурвисинськості. Бо навряд чи котрась із них могла вийти переможницею. Їхні прагнення не збігалися, і кожна діставала своє.

З Олександрою зближення відбулося на ґрунті католицизму. Вона з усією ревністю неофітки заглибилася в церковне життя римського обряду, мало не щодня відвідуючи, здається, єдиний поки що у Москві костел Св. Людовика. Там приємні молоді священники провадили з нею всілякі спасенні бесіди, прищеплюючи їй смак і потяг до аскези. Тож вона, вочевидь, через притлумлене захоплення симпатичними панотцями, понад усе загорілась ідеєю аскетичного самовдосконалення, що не йшло на користь її українознавчим студіям. Що далі, то більше нагадувала вона початкуючу черницю, заглиблену виключно у споглядання Великих Містерій. Я намагався виграти двобій з панотцями через прилучення її до всіляких еротичних видовищ і непристойних текстів. Але це був не той випадок. Як правило, вона не з'являлася на побачення, вигадуючи потім досить очевидні побрехеньки, що, на її думку, певно, не було гріхом.

Але якось пізно увечері, коли наша розмова про значення харизми і набутої досвідом праведності, здається, вже не могла мати ніякого продовження, вона сама вимкнула в моїй кімнаті світло і запалила вогник над недогарком свічки. «Розумієш, сама по собі наявність на тілі стигми може справді свідчити про Благодать, але й може знаменувати якийсь початок випробувань», — шепотів я, задихаючись, і насилу стягаючи дитячий ліфчик з її майже неіснуючих грудей. «Дурний», — відповіла вона, і мені було вже не до того, аби з'ясовувати, чому саме я дурний: чи така дурна висловлена мною думка, чи думка, хоч і правильна, але висловлена невчасно...

Вона виявилась досить винахідливою і стрімкою в коханні. Це була Жанна д'Арк! Або свята Тереса! Чогось подібного я не міг навіть уявити собі, тож над ранок навіть засумнівався, чи справді так уже мені вдалося виграти той двобій з молоденькими польськими священниками, її проводирями й наставниками.

Як з'ясувалося потім, вона вже навіть устигла колись побувати одруженою. Переконавшися в наївності своїх попередніх намірів потроху розтлити її, я з часом несподівано для себе самого охолов і з цілковитою байдужістю стороннього фіксував у собі почуттєвий занепад. Моє серце вже не підстрибувало до горла, коли де-небудь у гуртожитських коридорах наші шляхи перетиналися. Хвороба минула досить безболісно.

Саме в цей час мені зустрілась Астрід. Але тоді я вже був знайомий з Галею. Під Новий рік ми їхали в одному купе. Я — додому на вакації, вона — у Карпати з лижами. Типова московка, дещо зверхня до українців, усю дорогу намагалася жартувати над мовою, але я, здається, зумів розвіяти її хахлацький стереотип. Уже коло Львова поцікавилась, чи займаюся спортом, якщо ні, то чи хотів би, повернувшись до

Москви, відвідувати басейн. Вона, мовляв, спроможна мені влаштувати таке задоволення. Відомчий басейн! Але понад усе мене привабила її професія. Це, коли не брати до уваги досить поширений тип краси. А за професією вона змієлов. Тоді, в поїзді, я записав її телефонний номер.

Однак я не відразу скористався ним, позаяк на моєму шляху виникла цілком безпідставно Астрід. Напівполька, напівшведка, але громадянка Америки. Акредитована в Москві якоюсь інформаційною аґенцією. Мушу сказати, що на виставці «Меморіалу», яку я фатально вирішив оглянути, жоден з експонатів не справив на мене такого сильного враження, як вона. Прошу мене зрозуміти правильно, Ваша Королівська Проникливосте, вона не була експонатом тієї виставки. Була просто відвідувачка, що звертала на себе увагу неоковирними рухами і безецною російською мовою. З того дня я пережив усі стадії божевілля, мелодраматичного паскудства у західному стилі.

Ми зустрічалися на всіляких станціях метрополітену, щоразу на іншій. За ті півтора-два місяці я майже напам'ять вивчив схему Московського ордена Леніна метрополітену імені Леніна (Кагановича). Потім ми пиячили. Виявляється, в Москві можна було купити все — будь-яке алкогольне питво — від «мартелю» до «малібу». Теоретично про це знають усі, на практиці тільки я. Ми набирали повні торби прегарних за формою та змістом барвистих пляшок, жартуючи при цьому, що нове вино слід наливати до нових міхів, тоді всаджували фантастичні, як на мене, суми в таксівки, здійснюючи колосальні автопробіги з одної околиці меґаполіса в іншу, а потім десантувалися на черговій «хавірі», де розкладали свої торби, пардон, міхи, просто серед підлоги і влаштовували якусь несамовиту за масштабами давньоримську оргію, що обов'язково завершувалася співами і биттям пляшок об стіни. Мені подобалося з нею. Ще ніколи я не почував себе таким легким, вільним і безтурботним громадянином світу. Вона відкрила мені цілий материк не відомої раніше Москви — Москви валютної, з готелями й барами, куди я проходив повз офіцерів у цивільному, гордо вдаючи глухонімого бельгійця, тоді, як вона незалежно вимахувала перед їхніми капітанськими носами всілякими своїми посвідченнями, — і сезам відчинявся, спалахували люстри, килими завтовшки в долоню приглушували наші кроки, двокімнатні люкси пахли сибірською тайгою або колумбійською сельвою — це залежало від натиснутої кнопки, і сімсотрічне баварське пиво «льовенброй» можна було замовити безпосередньо в номер. Банкувала, ясна річ, вона. Поруч із нею я пізнавав усю мудрість дзену, а також стару комуністичну мудрість про «два світи — два способи життя».

Оскільки ми були вірнопідданими Його Королівської Милості Алкоголю (Боже збав, ніяких натяків чи алюзій!), то бути вірнопідданими ще й Сексу нам не надто вдавалося. Як правило, ми засинали поміж порожніх пляшок, напівобійнявшись, але так нічого поважнішого в цій галузі й не доп'явши. Бувало, ми лазили одне по одному, плутаючи власне волосся з ворсом килимів, а ноги столів з ногами офіціантів. Бувало, ми блювали. Якось ми спробували разом скупатись у ванні, але ранок застав у ванні тільки мене, одягнутого, зате вона, цілком гола, лежала поруч на підлозі, і рельєфні кахлі повідбивалися в неї на боках. Усе це дуже смішило нас. Астрід повторювала, що у такий спосіб, через її посередництво, цей смердючий, проклятий, несправедливий, зажертий буржуазний Захід поділиться своїм засраним багатством (через моє посередництво) з напівголодним і скаліченим Сходом. Отже, ми робили велику світову справу.

Кінець усьому цьому поклала Галя, з якою я тоді почав зустрічатися паралельно. Її не влаштовувало моє традиційно запухле обличчя, щоденна сонливість, супроводжувана досить виразним отупінням, мої не надто переконливі вигадки про якийсь роман у віршах, який буцімто забирає всі мої сили, а головне — моє небажання лишатися з нею вночі. Нарешті вона розкусила в мені хронічного алкоголіка й почала загрожувати знайомим наркологом, відомчим диспансером і примусовим лікуванням. Одного дня вона, не пошкодувавши нервів, вистежила мене з Астрід і влаштувала мені огидний мордобій перед входом до готелю «Росія». Астрід довго не могла зрозуміти, що відбувається і хто ця несамовита російська жінка. А тоді почала реготати, ну просто помирати зі сміху. Навіть запропонувала, щоб надалі ми зустрічалися втрьох. І даремно. Після того вечора я більше ніколи її не бачив. Здогадуюся, що вона вже не живе на цьому світі. Маю підозру, що Галя підкинула їй одну зі своїх піддослідних кобр. Отрута діяла блискавично. Ніхто з обслуги й не здогадався про істинну причину смерті Астрід. Її відвезли до Америки літаком з пересадкою в Парижі. Мені вдалося знову звестися на ноги, але Галі я цього довго не міг простити. Я більше

ніж упевнений, що колись вона й на мене напустить свою змiюку. От до якої жінки я зараз прямую, Ваша Королівська Милосте. І хай оберігає Вас Бог від таких заплутаних стосунків з бабнотою, як у мене, вибачте, будь ласка.

Ось він, цей дім-уламок, дім-інвалід, дім, з якого ростуть дерева, дім — стара фортеця, дім, в якому ніхто не живе, крім однієї божевільної, що кохається в отруйних рептиліях і в тобі, фон Ф. Може, ти теж рептилія? Може, твій язик давно вже роздвоївся, розм'як в алкоголі і тріснув від словоблуддя?

Але будинок гарний. Саме тепер, у напіврозваленому житті, з чорними вікнами й подовбаними балконами, під дощем, який не хоче спинитися. Взагалі, що з ним надумали робити? Зносити? Шкода: унікальний зразок модерну, початок століття, розквіт капіталізму в Росії, срібний вік декадентів, ніцшеанців, толстовців, соловйовців, євразійців, містичних анархістів, молодих самовбивць і ще бозна-чого. Реставрувати? Нема кому. Усі будівельники стоять у чергах за червоним міцним. У зв'язку з такою своєрідною ситуацією стару Москву реставрують фінни або турки. Особливо турки — добрі наші південні сусіди, працьовита нація, що її самоназва є для нас синонімом до слова «йолоп». Але тільки вони, турки, можуть порятувати Москву, як колись гуси порятували Рим, від остаточного розпаду і запустіння.

Та головне, що у Галі досі не від'єднали світло, воду і газ. І поки це триватиме, вона залишається тут, бо більше їй іти нікуди. Сама в порожньому домі, що розсипається. Заслухана в нічне верещання котів. Безстрашна і чудово тренована. Охоронювана улюбленими змійками, що сичать у скляних коробках...

Вона відчиняє тобі і рвучко — аж трохи занадто — повертається до кімнати. Ніяких обіймів, поцілунків, гарячих сліз, а-а, прийшов, ну і дідько з тобою, мокрий, мов цуцик, неголений, згадав, що я існую на світі, а мені все одно, прийшов ти чи ні, не треба робити мене щасливою... Продираюся крізь кущі омели, що вибуяли перед порогом, і входжу. Обжита фактично тільки одна кімната. А коридор порожній, коли не зважати на скляні коробки. Але в напівтемряві змій не видно. Чути лишень якесь рівномірне шипіння, але то, можливо, шипить, топлячись, маргарин на вибуховій кухонній плиті.

— Галю, я, здається, хворий, — кажеш якимось тремтячим голосом, наче задрипаний актор-трагік. — Якщо дозволиш, я прийму в тебе гарячу ванну. Можна від тебе подзвонити? О, ти собі тут випиваєш?..

У неї таке час до часу трапляється. Купує собі пляшку-другу й потихеньку цідить. А ти й не зауважив спершу, що вона вже добряча. І виглядає не найліпше: сині затоки під очима, халат, накинутий на нічну сорочку, ліжко досі розстелене, в кімнаті бардак.

— Щось трапилося? — запитуєш і скидаєш на підлогу, як сказав поет, обважнілого, наче прапор, плаща.

— Ну, ти теж сьогодні не постував, — нарешті чуєш її голос.

До речі, як ніхто інший, вона вміє визначати, пив ти щонебудь чи ще ні.

— Що правда, то правда, — відповідаєш уже з лазнички, відкручуючи кран гарячої води. — Знаєш, я відчув, що в мене піднімається температура, і трохи випив для профілактики...

Повертаєшся до кімнати і поміж усілякого лахміття знаходиш її двокасетник. Знайомими тобі трусиками витираєш із нього пилюку.

— Я забрав останній концерт Майка Олдфілда. Послухаємо?

Вона, звичайно, ні мур-мур, насуплено тримає в руці склянку з горілкою, але починається музика — гітари, флейти, барабани, клавесини, у лазничці біжить вода, ангельські хори кличуть мореплавців відкривати нові екзотичні землі, каравели пристають до вологих південних островів, набираєш телефон Кирила.

— Отто? Чудово! Де ти пропадаєш, як довго маємо тебе чекати? — випалює Кирило замість привітання.

— Хвилин за двадцять я буду в тебе, — заспокоюєш його.

— Тут тепер майже всі є зібрані: Омелян Порфирович, Люба, Андрій... Ти всіх затримуєш, Отто! Ми ж так ніколи нічого путнього не збудуємо! Де ти зараз є?

— На одній зупинці, старий...

— На якій зупинці, де?

— Яке це має значення, Кириле? Головне, що я скоро буду!

— О'кей, добре. Ми чекаємо ще двадцять хвилин. Не більше.

— Навіть менше. Я буду швидше, ніж за двадцять хвилин.

— О'кей, чекаємо!

У слухавці короткі гудки. Так. Одну справу зроблено. Сідаєш до столу, бо Галя кивком показує тобі на склянку.

— Випий, — каже вона.

— Водка пйош — свінья лєтаєш, — виголошуєш давню узбецьку мудрість.

Горілка йде досить непогано. Тепер айне кляйне ціґаретте — і шубовсь у ванну. І пішли вони всі. Тут тебе ніхто не знайде. Можна сидіти роками. Аж поки турки не відремонтують будинок. Аж поки не настане новий срібний вік.

— Що нового, Галю?

— Я вчора повернулася з Середньої Азії.

— І як успіхи?

— Кілька молодих еф. Недавно вилупилися. Десь так із пів місяця.

— А що ти робитимеш, коли ваша імперія розпадеться? Куди поїдеш за ефами? У Псковську область?

— Ти вже сто разів мене про це запитував, — кривиться вона.

— І сто разів я не чув твоєї відповіді. Чого ти п'єш?

— Настрій. Нічого не хочеться. Наливай ще. Це не остання пляшка.

— Як тобі Олдфілд?

— Я вирішила, що ти не повинен більше сюди приходити. І взагалі — я викреслюю тебе зі своїх списків. Купайся і провалюй геть.

— Обов'язково. До речі, мені все одно треба йти. Мушу в «Дитячому світі» купити подарунок для дітей своїх друзів. А діти моїх друзів — то мої діти.

— Не смішно.

— Я знаю, Галюню.

Вона закурює, нетвердо підводиться з-за столу і, похитуючись, добирається до вікна. Курить і дивиться у вікно. Під Майка Олдфілда.

— У тебе вже хтось є, Галю?

Маленька череп'яна ваза, знайома тобі ваза з підвіконня, без попередження летить у напрямку твоєї голови. Встигаєш ухилитись, як здібний боксер. З Галею це буває. Гарна була ваза.

— Ти прийшов, аби познущатися?

— Що за дурні питання? Звичайно! Я тільки тим і живу, що висмоктую з тебе кров...

Зелена разова запальничка пролітає поруч із твоїм вухом. Майк Олдфілд бавиться тамбурином і кастаньєтами. Наступною полетить, напевно, праска. Слід бути обережнішим у висловах — не надто хочеться дістати нею в скроню.

— Востаннє, коли ти був тут, ти повівся зі мною, наче з повією... Отримав своє — і пішов. Пропав на два тижні...

— Я писав роман у віршах, Галю.

— Писав! Ти міг би просто подзвонити. Я ж не тримаю тебе!..

Вона таки забагато випила. І ця праска стоїть занадто близько до неї. А вода у ванні, здається, вже набігла...

Так і є! Повна ванна чудової щедрої гарячої води, яку ти так любиш. З кімнати долітає її голос:

— Живи собі, як знаєш!.. Будеш потім на своїй Україні розповідати, як мав тут одну кацапку дурну...

— І не одну, Галю, не одну, — відповідаєш уже роздягнутий, залазячи у ванну.

У кімнаті щось об щось розбивається. Але то не праска. Намагаєшся відгадати, що саме. Чорт забирай, як гупає у скронях. Чоло потягне градусів так на тридцять вісім. Навіть з лих(...)м, як кажуть твої знайомі російські письменники. Заплющити очі і думати про велике. Шкода тільки, що не прихопив сюди склянку з горілкою. Бо наші предки — славні козаченьки — горілкою будь-яку хворість виганяли. Горілкою й гарячими ваннами. Але в поході не пили. За це каралося киями. А ти сьогодні в поході й нажлуктався, мов паскуда. Київ йому, київ сучому синові!

Розплющуєш очі. Ось по трубі повзе змія. Мабуть, хоче стрибнути до тебе у ванну. Але як вона зможе стрибнути? Для того, аби стрибнути, потрібні сякі-такі ноги. А змії ніг не мають, за винятком мідянок. Вона не стрибнути хоче — ні, вона впасти хоче до тебе у ванну. Сповзе по трубі трохи нижче — і гаплик.

— Галю! — кличеш.

Як у прірву.

— Галю, забери звідси змію!

П'яна, а все-таки злякалася. Прийшла і сіла на підлогу. Рукою бовтає у воді.

— Яка змія, що ти верзеш? — запитує так стомлено-стомлено.

— Он, бачиш, на трубі? Ефа! — Тобі робиться нестерпно смішно, аж умліваєш від реготу. — Ефа. Молода ефа! Он вона, сучара!.. — тебе аж трусить від реготу.

— Це ізоляція, кретине, — каже вона так тихо-тихо і починає тебе цілувати.

Її розпатлане волосся лягло на воду. Вона обціловує твою голову, тільки голову, аж ти перестаєш реготати і починаєш дивуватися: хіба можна так любити чиюсь голову? Ну, добре там м'язи, стегна, грудну клітку, пахвину. Але голову? Щось подібне вже було сьогодні — гаряча вода, поцілунки. Головне — лежати сумирно й не рухатися, бо якщо вона зараз добереться до твоїх плечей і грудей, не уникнеш подряпин та укусів. Є в неї така особливість. Після побачень із нею ти завше ходив розмальований слідами її пристрасті, наче сердега, випущений з камери тортур. Їй просто необхідно зустріти у цьому житті доброго й ніжного мазохіста, без шкідливих звичок, матеріально забезпеченого, уважного в побуті. І вона буде щасливою. Обов'язково буде, ти віриш у це.

— Що там діється надворі? — запитуєш у перерві між поцілунками.

— Дощ, — відповідає вона і нарешті йде геть.

Ще трохи полежати — і в дорогу. Вода все одно вистигає, музика на касеті закінчується об'єднаним хором індіанців та конкістадорів, горілку вона доп'є самотужки, навіть якщо в неї де-небудь прихована ще одна пляшка. Мої хлопці гинуть заради горілки, а вона тут собі дозволяє кидатися пляшками об стіни!

Випускаєш воду в підземні світи. Вона втікає з глухим бурмотінням. Прощай, водо, я любив тебе, мов коханець, я провів з тобою незлих пів годинки, до наступної зустрічі!

На підлозі лежить великий пухнастий рушник, принесений нею. Рівень води під тобою невблаганно падає, і ніщо тут уже не зарадить...

Але ти стоїш у ванні, а Галя вже знову поруч, вона навпроти і вона розгортає тебе, вона вигортає тебе з рушника, і нахиляється вперед, і притискає тебе спиною до кахлів стіни, і так зафіксовує, і сама руками впирається в кахлі, але ти трохи сповзаєш, уже майже готовий, і вона починає щось шукати вустами, і таки знаходить, аж ти заплющуєш очі. І стільки в усьому цьому пристрасті, але й ніжності, твердості, але й туги, і чуєш себе, як почувають, певно, ґвалтовані, зосереджуєшся тільки на відчуттях, на музиці, що завмирає в кімнаті, але якась усмішка блукає по тобі, і ти хочеш тільки любити, любити, любити, й хочеться заспівати осанну її вустам, бо вона вся — це вуста, це язик, це нагадує випробу поздовжньої флейти, ти прибуваєш, наче фонтан, і це триває майже вічність, бо каравели встигають повернутися, і з тебе вилітає голос, але й не тільки, ти переповнений, — і ти вибухаєш, бо, як і будь-яка інша вічність, так і ця — має свій кінець...

Вона загортає тебе в рушник і мовчки виходить.

— Ну що, дограла касета? — запитуєш, повернувшися до кімнати вже одягнутим.

— Ти нікуди не підеш, — відповідає Галя. — Я пропоную, щоб ти нікуди не йшов. Ти справді маєш високу температуру. Я зараз приготую яєчню, а ти лягай. Тобі треба вилежати. Ти не можеш зараз нікуди йти — надворі дощ. Я не заважатиму тобі, ти просто поспиш. Я наллю тобі ще горілки, але ти мусиш обов'язково лягти, інакше горілка не подіє. Ти можеш преспокійно лишитися тут до завтра, бо тобі обов'язково треба відігрітися і зосереджено полежати. Завтра ж неділя. Ти будеш лежати сам. Я маю розкладачку, я буду поруч, просто я буду поруч, просто я буду подавати тобі те, що ти схочеш. Я можу принести з аптеки яких-небудь ліків. Ну не йди, добре?..

— Знаєш, Галю, після горілки, мабуть, не варто вживати ніяких ліків, — починаєш замислено, але вона перебиває:

— Ну добре, ліків не треба. Я не піду по них. Я пошукаю для тебе меду, молока...

— Та й, крім того, — продовжуєш, — я маю купу справ. Мушу бути ввечері у гуртожитку...

— Що, знову на два фронти? У гуртожитку! Уже домовився на сьогодні? Так?

— При чім тут це? Ти ж знаєш, я пишу роман у віршах...

— Я дам тобі папір, ручку. Пиши його тут. Я буду зовсім тихенька, нічим тобі не заважатиму. Ти ляжеш у теплу постіль і писатимеш хоч до ранку...

— Це неможливо, Галю. Це дуже тонкі речі, тонкі матерії. Це справа мого життя. Я не можу тобі так просто це пояснити, але мушу піти. Словом, я піду, так?

— Ні! — кричить вона ошалілим голосом і кидається на тебе.

Це стрибок сильної жінки, добре тренованої, добре п'яної. Ви падаєте на підлогу, на той мокрий невисихаючий плащ, в якому ти прийшов. Вона б'є тебе по обличчі — навідліг, товче тебе ліктями, дряпає. Вона вдарила тебе в підборіддя, аж ти прикусив язика, і це раптом додає тобі сили. Вивертаєшся з-під неї і, хоч вона ловить тебе за ногу, але все ж устигаєш копнути її по ребрах, а тоді знову падаєш, не втримавши рівновагу. Вона тягне тебе за светр, під светром тріщить сорочка, а вона нарешті знаходить твою незахищену ключицю і впивається в неї зубами. Тоді ти майже відрухово б'єш її коліном під груди, і вона на якийсь час втрачає віддих. Ти все-таки встигаєш підвестися і вдарити її ребром долоні по шиї. Але вона, підводячись, різко б'є тебе головою між ноги. Ти майже непритомнієш від болю, але не даєш собі розслабитися, бо це означало би певну смерть. Натомість відбиваєшся від неї ногами, не підпускаючи занадто близько до себе, хоч це мало допомагає, бо вона хапає в руки перекинутий стілець і починає ним гамселити тебе по ногах. Від стільця відламується ніжка, і ти намагаєшся озброїтися нею, але вона кидає в тебе рештою стільця, а сама встигає схопити ніжку і починає блискавично фехтувати. Прикриваючись вихопленою з ліжка подушкою, ти переходиш у ближній бій і, піймавши її на тому, що необачно розкрилася, нарешті наносиш свій давній, свій коронний, відомий ще зі шкільних літ удар — хук справа, котрий приніс тобі свого часу не одну перемогу на обласних і міжобласних змаганнях.

Вона відлітає у протилежний кут. Рефері рахує до десяти. Нокаут.

— Отто, це все? — жалібно шморгаючи носом, запитує вона через хвилину. — Це все, я питаю? Я питаю тебе: це все? Ти більше не прийдеш? Не прийдеш, я питаю тебе: це все? Відповідай: це все?

— Я буду завжди згадувати про тебе, — відповідаєш і водночас тремтячими від напруження руками заправляєш розшарпану сорочку.

— Ти одне з моїх найсвітліших кохань. Я хотів, щоб тобі було добре зі мною...

Вона починає тихенько плакати, але ти ледве встигаєш зачинити за собою двері в напівтемний коридор, як об них тупо вдаряє щось важке. Певно, праска.

Але ти вже недосяжний, герою.

Іноді дуже корисно поглянути на годинника. Бо дощ, який густо січе з небес, полишає таке враження, ніби час зупинився. А час, виявляється, не зупинився, і тепер уже майже пів на п'яту. І якщо дехто бажає побувати сьогодні в «Дитячому світі», то нехай поквапиться.

Підіб'ємо тим часом деякі підсумки, фон Ф. Ти справді вийшов, ні, видерся від Галі на свободу. Ти справді стоїш під дощем і розчулено думаєш про нещасливе кохання, про самотність, про специфічну жіночу жорстокість. Крім того, обмірковуєш свої подальші, трохи непевні від зужитого бухла, кроки.

Адже, попри свободу, здобуту кров'ю, маєш деякі відчутні мінуси. По-перше, втрачено плащ. Він так і лишився там, у її помешканні, твоїм заручником. Будь-якої хвилини вона може пошматувати його ножами або, обливши бензином, спалити. Це буде чорна маґія, священна помста. Тепер мокни під дощем і цокоти зубами в самому светрі. По-друге, касета з найновішим концертом Майка Олдфілда. Ця втрата значно серйозніша, адже без музики, без улюбленої тобою музики ти, фон Ф., ніхто й ніщо. Без музики ти дешевий сучий син, еґоїстична потвора, обмежене самозакохане бидло. З музикою ти поет, ґеній, людинолюбець і мудрець, тільки музика надає сенсу твоєму гнітючому, помилковому і, зрештою, випадковому існуванню, дурний осле. Музика дає тобі шанс порятувати бодай пів нігтя свого наскрізь просяклого гріхом падлючого тіла. А ти розкидаєшся нею, полишаєш де не слід.

Нарешті ще жахливіша втрата. Галя. Адже безглуздо тепер, після того, як зацідив їй кулаком по вилиці, сподіватися на якесь відновлення стосунків, на прощення і втихомирення, навіть на звичайну людську дружбу. Раз і назавжди зачинено перед тобою її двері. Ти знову виявився негідним жінки, яка заради тебе готова була на все, навіть убити тебе з допомогою витончених зміїних отрут. Ти вже ніколи не знайдеш такої жінки. Тобі було подаровано її, безперечно, згори. Ти зневажливо і плебейськи відкинув цей дар. Єдиним, але потужним і точним ударом кулака. За це ти заслуговуєш бути кастрованим, друже фон Ф. Або роздертим між двох молодих дерев.

Плащ, касета, Галя. Досить багато, як на один день. Який, до речі, ще не скінчився. І ти бредеш назустріч новим втратам, у светрі, під дощем, а назустріч тобі бреде Москва — кульгава, мокра, відригуюча, з ветеранами, неграми, вірменами, китайцями, комунякми, фанами «Спартака» в червоно-білих панамах, сержантами, рецидивістами та ходаками до Леніна. І ти йдеш з великою торбою на подарунки, хоча прекрасно знаєш, що це сьогодні майже неможливо — купити в Москві комусь якийсь подарунок. Це місто вже не спроможне робити подарунки. Це місто втрат.

Це місто тисячі та одної катівні. Високий форпост Сходу перед завоюванням Заходу. Останнє місто Азії, від п'яних кошмарів якого панічно втікали знекровлені та ґерманізовані монархи. Місто сифілісу та хуліганів, улюблена казка озброєних голодранців. Місто більшовицького ампіру з висотними почварами наркоматів, з таємними під'їздами, забороненими алеями, місто концтаборів, націлене в небо закам'янілих гігантів. Населення тутешніх в'язниць могло б скласти одну з європейських націй. Місто гранітних вензелів та мармурового колосся і п'ятикутних зірок завбільшки із сонце. Воно вміє тільки пожирати, це місто забльованих подвір'їв і перекошених дощаних парканів у засипаних тополиним пухом провулках із деспотичними назвами: Садово-Челобітьєвський, Кутузово-Тарханний, Ново-Палачовський, Дубіново-Зашибеєвський, Мало-Октябрьсько-Кладбищенський...

Це місто втрат. Добре б його зрівняти з землею. Насадити знову дрімучі фінські ліси, які тут були раніше, розвести ведмедів, лосів, косуль — хай пасуться довкола порослих мохами кремлівських уламків, хай плавають окуні в ожилих московських водах, дикі бджоли хай зосереджено накопичують мед у глибочезних пахучих дуплах. Треба цій землі дати спочинок від її злочинної столиці. Може, потім вона спроможеться на щось гарне. Бо не вічно ж їй отруювати світ бацилами зла, пригнічення й аґресивного тупого руйнування!

І в цьому, мої дами й панове, полягає завдання завдань, неодмінна передумова для виживання людства, і на цьому хай зосередить свій пафос уся цивілізація великих народів сучасності — без краплі пролитої крові, без тіні насильства, із застосуванням гуманних парламентських важелів, зрівняти Москву, за винятком, можливо, декількох церков та монастирів, із землею, а на її місці створити зелений заповідник для кисню, світла та рекреацій. Тільки в такому випадку може йти мова про якесь майбутнє всіх нас на цій планеті, майне дамен унд геррен! Дякую за увагу. (Загальні оплески, усі встають і співають «Оду до радості» Бетховена, слова Шіллера.)

Але це всього лише твоя особиста п'яна думка, фон Ф. І вона може аж ніяк не збігатися. Тобто фатально не збігатися ні з чим. І втратам людським не буде кінця на цій землі.

Втрати втратами, але треба врешті щось десь проковтнути. Виключно з почуття обов'язку перед власним шлунком, який від самого ранку раз у раз обманюється у своїх сподіваннях. Не можна його дурити вічно. Треба чимось заповнити.

Ось тут, поміж Новим Арбатом і просто Арбатом, під боком у знаменитого ресторану «Прага», в якому всесоюзна пророчиця Джуна, цей уламок месопотамських імперій, закинутий Космічним Провидінням в імперію совдепівську, за повідомленнями бульварної преси, не так давно святкувала свій день народження в оточенні естрадних зірок, партійних лідерів, ілюзіоністів, депутатів, письменників-сатириків, секс-культуристок та іншої потолочі, ласої до будь-яких реальних проявів світського ідіотизму. Так от, поруч із цим, так званим рестораном, існує ще така собі «Закусочная». І ти, фон Ф., на пів годинки забувши про своє шляхетське походження, загнавши назад у нутрощі слину гидливості, можеш таки поїсти навіть тут.

Це притулок для модного нині арбатського жебрацтва: промоклих художників, захриплих поетів-інвективістів, вицвілих бардів, облізлих джазменів, жонґлерів, декламаторів, матадорів, канатохідців, педерастів і власне жебрацтва, жебрацтва як такого, напівбожевільного московського жебрацтва, котре, як правило, маскується під біженців з Придністров'я або вірмен, потерпілих від землетрусу три роки тому.

А сьогодні вся ця кумпанійка до всього іншого ще й ховається тут від невичерпного дощу. Або від невідчепного омонівського патруля, котрий час від часу виникає на Арбаті, проганяючи з нього чорними елеґантними киями тих, що найбезсиліші. Так що «Закусочная» нині переповнена мокрим дощовим людом, який в'ється чергою поміж огидних ампірних колон, сичить по кутках і навколо столиків, пахне псятиною і тішиться земним існуванням.

Стаєш у хвості черги, ще один промоклий, голодний, зачмелений відвідувач, ще один поет, щоправда, видатний український, анонім з відірваними двома ґудзиками на сорочці під светром. За тобою відразу виникає якийсь метушливий і дуже кучерявий тип у куцому плащі зразка пізніх шістдесятих, із шиєю, завинутою відразу в кілька строкатих і досить нечистих хустин. Тягне за собою безліч торбин, мішечків, сіток — і все це набите якимось невідомим крамом, може, перегорілими електричними жарівками, може, перлинами з дна Індійського океану.

— Обов'язково візьміть сьогодні бульйон, — каже до тебе метушливий. — Ви чомусь ніколи не берете бульйон, це погано. Бульйон з яйцем!

Він на мить покидає тебе, біжить поперед черги аж до каси і запитує на всю «Закусочну», чи мають вони сьогодні бульйон з яйцем. Повертається щасливий і осяяний світлом бульйону.

— Слава Богу, що в них є бульйон, — повідомляє тобі, шарпаючи за рукав. — Нам з вами щастить. Якщо взяти тарілку бульйону з яйцем, то можна не брати більше нічого, цього вистачить годин на шість-вісім. Але ви чомусь ніколи не берете бульйон, даремно.

— Можливо, це і є одна з моїх найфатальніших помилок, — відповідаєш, аби він, курва, відчепився.

Але він не чує твоєї відповіді, бо знову летить до каси. На цей раз поцікавитися, з чого той йоханий бульйон сьогодні зварений.

— Сьогодні бульйон яловичий, — повідомляє, ставши назад у чергу, однак уже не тобі, а якійсь досить шкапистій молодичці з фуфелем під лівим оком і запісяними панчохами.

— Сьогодні нам унікально пощастило, — торочить кучерявий своїй новій співрозмовниці. — Бульйон яловичий з яйцем, уявляєте, товаришко?

— А мінє адін х(...), — апатично відповідає шкаписта молодичка.

— Ні, не скажіть, не скажіть, — хитає головою метушливий, — до яловичого бульйону з яйцем дуже добре взяти один шматок хліба. Їсти не поспішаючи, старанно пережовуючи.

Тоді наїдаєшся на цілих шість-вісім годин. Я дуже люблю сюди заходити, це славне місце, тому що в них завжди буває теплий бульйон з яйцем, на смак майже як домашній, зі справжніх яловичих кісток. Я беру порцію такого бульйону, один шматок хліба — і дуже наїдаюся. Це замінює і першу страву, і другу, і навіть, і навіть чай або компот!

У цю мить хтось стрімко падає на підлогу до підніжжя свого стола. Не встояв. З-під засмальцьованого піджака викочується вже порожня пляшка. Ацетон.

— Што, нє відітє, человєку плохо! — кричить на всю залу касирка. — Стаят, как х(...)! — обурюється вона.

І кілька типів невідомого суспільного прошарку дбайливо відтягають бідолаху до підвіконня, де сяк-так укладають його, згорнувши калачиком.

— Во, б(...), нажрался! — з легкою заздрістю каже, похитуючись, дама в обпісяних панчохах.

— А ще я люблю брати морквяний салат, — апелює знову до тебе метушливий. — У ньому стільки вітамінів! Немає здоровішої їжі, ніж тарілочка морквяного салату. Обов'язково візьміть. Він і на зір гарно впливає...

Ти киваєш головою у відповідь. Візьму, голубе, візьму все, що ти накажеш, тільки не жвинди мені тут під вухом. Черга посувається вкрай поволі, щиро кажучи, не посувається зовсім. По-перше, бракує вільного посуду. Тому використані тарілки вже навіть не миють. По-друге, на кухні працює тільки один котел. По-третє, в роздатчиці поганий настрій, можливо, менструація. По-четверте, в гробу вона всіх бачила, включно з цими б(...)ми-кухарками. По-п'яте, в країні велика нестача харчів, у зв'язку з чим демократія в небезпеці і вся надія на допомогу розвинутих країн Заходу. З хвилини на хвилину чекають прибуття цієї допомоги, а поки що доварюють останній бульйон з останніх костей, аби хоч якось підтримати серед цього промоклого люду божисту іскорку — священний дар життя. І тому відразу кілька замаскованих під біженців жебраків опиняються біля столу, під який щойно брикнувся знеможений відвідувач. Хтось устигає найпершим хапонути недоїдений салат і кашу. Інші розчаровано відходять, пантруючи наступні полишені з недоїдками столи.

— Кушай, голубчік, кушай, — ласкаво шамкає беззуба старовинна прибиральниця, витираючи шматою стіл перед носом у найспритнішого із жебраків.

— Пошла на х(...), вєдьма, — недовірливо відповідає той, затуляючи долонями тарілку з розпацьканою кашею.

— Взагалі тут досить смачно готують, — продовжує свій життєрадісний монолог підстрелений гурман за твоєю спиною. — Пригадую, тут бували навіть сосиски. Якщо дві сосиски покласти в тарілку гарячого бульйону, то дуже наїдаєшся...

Черга рухається повільно. Роздатчиця свариться з кухарками. Б'ються тарілки, яких і без того в країні не вистачає. Розхлюпується бульйон. Касирка біжить довідатися, в чому справа. А справа в тому, що імперія подихає. І гуманітарну допомогу розвинутих країн Заходу розікрали давно, ще на митниці. Так що каравану з м'ясом і хлібом сьогодні не буде, і з цим треба змиритися.

І поки вони там на кухні гамселять одна одну ополониками, а касирка бігає довкола них з вигостреним велетенським ножем, ти розглядаєш цю чергу, ці дурнуваті блакитні колони, цих паралітиків по кутках, сплячого великомученика на підвіконні, солдатів-монголоїдів у парадній формі, що давляться сухими булочками, гоміка в білих штанах, що кружляє довкола них, комуну наркоманів-анархістів з дворічною дитиною під столом, маленький циганський табір, кудлатого письменника і культуролога Ваню Каїна, що забрів сюди реалізовувати збірничок поезій «Расплела косу береза», зосереджених на недоїдках жебраків і жебрачок, голову Ліберально-демократичної партії Володимира Жиріновського, що допиває компот із сушениць, кількох азербайджанців, двох-трьох білорусів, групку вірмен, купку грузинів, дрібку казахів, пару киргизів, трохи молдаванів, безліч росіян, гроно таджиків, плеяду туркменів, дещицю узбеків і, ясна річ, айн бісхен українців. Бо ми тепер за алфавітним порядком ідемо останніми в Союзі. А за своїм народно-господарським значенням — другими після Росії. До речі, наша солов'їна мова посідає друге у світі місце за милозвучністю. Це визнали спеціальні експерти з милозвучності мов на конкурсі, що відбувався в Женеві. Російська опинилася на почесному тридцять четвертому, яке поділила з монгольською та суахілі.

Черга рухається повільно, але рухається, бо конфлікт на кухні тимчасово погашений. Гарячу точку поки що ліквідовано. Мирні переговори продовжаться до завтра.

Настає час вибору їжі. Салат з анемічного огірка, слизький шматок холодної курки, хліб.

— Ні в якому разі не беріть какао, — смикає тебе за рукав кучерявий. — Краще потім випити склянку газводи з автомата по десять копійок. І бульйон, бульйон, не забувайте про бульйон...

— І бульйон, — покірно кажеш до роздатчиці.

Вона скреготливо зачерпує ополоником з дна величезного баняка. Подає тобі неповних пів тарілки.

— З яйцем, — підказує метушливий.

— Бульйон закінчився, більше нема, — зловтішно оголошує роздатчиця.

— Як це закінчився? — кліпає кучерявий.

— П(...)ц єму пріснілся, — пояснює дотепна молодиця в панчохах.

І поки ти розраховуєшся біля каси, довго випорпуючи з усіх можливих кишень дріб'язок, метушливий аматор бульйонів починає плакати.

— Ви ж казали, що бульйон з яйцем є, — хлипаючи, звертається він до касирки.

— Тоді був, — незворушніє касирка. — Ти чого без черги питався? Треба було б не питатись, а, як усі люди, стояти в черзі... Мудак!

Ця мила московська звичка до незнайомих звертатися на ти! Цей прояв вселенськості, вселюдськості, всебратськості російського національного духу!

Але кучерявий починає рюмсати голосніше, і ти, не витримавши, подаєш йому своїх пів тарілки.

— На тобі твій бульйон. Тільки заспокойся й не ревай...

І чимшвидше відходиш із пластиковою тацею в руках. А метушливий і не думає дякувати чи відмовлятись. Цапнув тарілку як належне й відразу перестав завивати.

Нагледівши вільне місце біля якогось маньякального депресанта, що меланхолійно цідить зі склянки какао, влаштовуєшся поруч.

— Смачного, — кажеш.

Але він нічого на це не відповідає, тільки за якусь хвилину роздумливо мовить кудись убік — ніби й не до тебе:

— Ось ви побажали мені «смачного». Але зробили це нещиро, по-перше, тому, що вам немає до мене ніякого діла, по-друге, тому, що чудово знаєте, наскільки недоречне це побажання в такому місці й до такої їжі. Все менше вихованих людей навколо нас. Традиційні російські побажання втрачають свій сенс. Бачите, це, що я п'ю, називається «какао». Але хіба це насправді какао? Це віскоза, скло, свинець, пісок — усе на світі, але не какао!..

Мовчки починаєш війну зі слизькою куркою. Головне не втягувати себе в дискусії з божевільними.

— Єдина тут вихована жінка — це старенька прибиральниця, — повідомляє тим часом депресант. — Їй сто п'ятдесят років. Це графиня Лідовських. Вона танцювала вальси з покійним імператором Олександром Другим. Яка потужна й висока культура!

— А з двома наступними імператорами? — все-таки запитуєш, прожовуючи курячу підошву.

— Що ви маєте на увазі?

— Чи танцювала вона з двома наступними імператорами — Олександром Третім і Миколою Другим? Чи мала інтимні стосунки з Гришкою Распутіним? Чи пішла в сестри милосердя під час Першої світової війни? Чи втікала до Криму під захист Врангеля у громадянську? Чи була переслідувана чека, огепеу, енкаведе, емгебе, кагебе? Чи копала шанці під Москвою влітку та восени сорок першого року, коли їй виповнилося рівно сто? Чи брала участь у повоєнній відбудові народного господарства, в освоєнні цілини, в запуску першого штучного супутника Землі, в XXII з'їзді КПРС? Чи понесла моральні збитки в роки застою? Як зустріла вітер оновлення і плюралізму думок?..

Депресант витягає з поруділого портфеля почату пляшку «КВН» — крепкого віноградного напітка.

— Бачу, ви в дечому розумієтеся, — підморгує тобі досить змовницьки. — Пригощайтеся.

Непомітно для інших припадаєш до шийки кавеену. Робиш один, два, три, чотири ковтки. Несосвітенна гидота! Ледве переводиш дух.

— Радий, що теперішня молодь теж дещо знає про нашу історію, — оживає депресант. — Про нашу героїчну славну історію. З вашого дозволу, — і він прикладається до пляшки.

— Адже історія могла бути іншою, — повідомляє після того, як запив кавеен кількома ковтками віскози, скла, свинцю, піску — тільки не какао.

— Могла, — рішуче погоджуєшся ти. — Але й така непогана!

З'являється кілька циганят з простягнутими руками, і ти даєш їм свій шматок хліба. Розлючені, вони йдуть геть.

— Історію не вибирають, — чомусь заявляє депресант.

— І тому вона не могла бути іншою, — погоджуєшся з ним.

— Хочете ще? — знайома пляшка знову вигулькує з портфеля.

— Не бачу підстав. Аби відмовлятися, — цитуєш одного знайомого дотепника.

І знову вливаєш у себе гидкий «віноградний напіток».

— Мене досі дивує, чому в нашій історії все сталося саме так, а не інакше, — мовить, витримавши паузу після добрячого ковтка, депресант.

— Справді, — киваєш головою, — тут є чому дивуватися! Історія могла піти зовсім по-іншому...

— Могла, — погоджується депресант. — Але краще б вона не могла.

— Історія не знає умовного способу, — пояснюєш йому. — Сослаґатєльного наклонєнія. Ферштеєн?

— Яволь, майн фюрер! — відповідає на це депресант, і ви удвох починаєте шалено реготатися.

Але в цей час у «Закусочній» з'являються двоє патрулюючих омонівців. Вони значуще проходять залою, про щось перемовляються з циганським табором у дальньому кутку, обшукують принагідно пару наркоманів-анархістів, а тоді, зауваживши сплячого на підвіконні, весело підходять до нього і починають лупити своїми киями його безвладне отруєне тіло. Аж чорні берети підстрибують на їхніх неправильної форми головах.

— Ґестапо! — хочеться тобі крикнути на всю залу, однак старий депресант затикає тобі рота пляшкою кавеену.

— Не робіть дурниць, — сичить він майже пошепки. — Ми з вами тут не для цього... Одним необережним вигуком ви можете зіпсувати всю справу...

— Яку ще справу? — цікавишся, допивши останні краплі кавеену і витираючи вуса рукавом.

— Справу врятування Росії, — так само пошепки відповідає депресант.

— Від кого?

— Це таємниця, — прикладає депресант палець до вуст. — Ферштеєн?

— Спасібо, синочєк, — каже старенька графиня Лідовських, забираючи зі столу порожню пляшку, необачно полишену тобою.

Тобі дуже хочеться низько схилитися й поцілувати їй руку, стару зморшкувату руку графині Лідовських, у якій вона тримає смердючу шмату для витирання столів. Ледве стримуєшся, щоб не поцілувати.

Омонівці все ще лупцюють сплячого на підвіконні, якому, мабуть, від того сниться щось приємне.

— Ге, та він мертвий! — раптом здогадуєшся і бачиш, як поступово усі в «Закусочній» починають це розуміти, навіть омонівці. Вони перестають молотити його і натомість починають мацати в нього пульс, прислухатися до серця, розстібати під засмальцьованим піджаком не менш засмальцьовану сорочку. Довкола мертвого збирається цілий гурт — тісний і зацікавлений.

— Ще одного з наших не стало, — каже врочисто депресант. — Ще одна російська людина впала жертвою більшовизму. Чи не забагато, панове комуністи? — він скреготче зубами, мов у пеклі. — Але нічого. Нічого, нічого. І ця кров буде відплачена. І ця кров. Невинна кров...

І тут ти помічаєш, як він видобуває з поруділого прадавнього портфеля гранату типу Ф-1 і впевнено починає вовтузитися з кільцем, монотонно примовляючи при цьому: «І ця кров. Невинна кров». Ти ще встигаєш хапнути з підвіконня свою торбеґу і добігти до виходу. Встигаєш також промчати метрів двадцять до підземного переходу. Уже з-під землі чуєш вибух неймовірної сили — так, ніби двадцять ампірних «Закусочних» злетіло в повітря, навіки вознісши в московське небо і старого маньякального терориста, і двох омонівців, котрі так нічого й не зрозуміли, і тіло в засмальцьованому піджаку, і циганський табір з возами й наметами, і беззубу графиню Лідовських, і всіх інших, включно з азербайджанцями, білорусами, вірменами, грузинами, казахами, киргизами, молдаванами, росіянами, таджиками, туркменами, узбеками й українцями...

Історію не вибирають. Але вона могла бути інакшою.

Панораму своїх стосунків із жінками я розгорнув для Вашої Королівської Милості попереднього разу. Тепер про мої стосунки з кагебе. Сподіваюся, Ваша Блакитносте, що Ви бодай трохи знаєте про цю інституцію. Якщо ні, то складете собі певне уявлення з моєї дальшої розповіді.

Справа-бо в тому, що в мою біографію закладено бомбу сповільненої дії. Я можу навіть померти (у що майже не вірю), але вона все одно колись вибухне. Радісно й святково ж буде першому-ліпшому історикові літератури знайти якогось чудового дня в одному зі щойно розсекречених архівів дещо про мене! І про мене теж. Бо не я там перший, не я останній.

Про існування такої фірми, як кагебе, кожен громадянин нашої веселої імперії довідується у досить ранньому віці. Я, пригадую, вперше почув цю назву десь у шість або сім років. Чомусь назавжди зберіг у пам'яті первісне дитяче відчуття того слова: щось таке розпусне, слизьке, ґвалтовне — щось, дуже схоже на «й(...)на в рот» (один з висловів, які в тому віці досить інтенсивно запаковувало в мій лексичний апарат рідне подвір'я).

Але це все лірика, Ваша Королівська Милосте. Необов'язкова пауза перед виголошенням головного.

З роками довідуємося чимраз більше про світ, про своє можливе місце в ньому. Ось, наприклад, я від сімнадцяти років до двадцяти двох. Себто у студентські свої літа. Поет-нонконформіст, прихильник чистого мистецтва, шанувальник старого малярства і найновішої рок-музики, частково захоплений індуїзмом у викладі Рамачараки, потім перше наближення до християнства, словом, досить традиційний варіант шукань і хитань богемної молоді у присмерках імперії кінця сімдесятих — початку вісімдесятих. Підкреслював при будь-якій нагоді свою невіру в насаджений згори суспільний лад, в якісь там комуністичні ідеали (тепер можете всміхатися, Ваша Вічносте, а тоді це справді було предметом для небезпечних дискусій!). Разом із тим я увесь час прагнув віднайти певні точки злагоди з дійсністю. Шукав якусь особисту нішу, себто спосіб залишатися незаплямованим у навколишньому океані гівна. Перелік авторитетів і символів віри для мене тогочасного теж досить традиційний і промовистий: Рільке, Гессе, Маркес, Борхес, тоді зненацька Володимир Соловйов...

Ось це мій тодішній світ, загалом чистий, цнотливий, аж гидко, моє окреслене коло, а десь там, назовні, нишпорить кагебе, когось обшукує, обнюхує, арештовує, висилає, депортує, але я в такі забави не граюся, надто все це вузько для мене, вихованого й вибуялого на ведах та барокових концертах, на фільмах Тарковського й поезіях Аполлінера. І що, зрештою, з того, що мій далекий дід був колись комендантом повітової української поліції, а згодом дивізійником і загинув на полі битви ще в сорок четвертому? Мій дід, той самий, підхорунжий УГА вже з 1918 року, коли йому, власне, ще й вісімнадцяти не було?

Але я існував у своєму колі, а кагебе ходило десь поза ним. Зрідка накочувалась якась хвиля, немов попередження, легеньке посіпування далеко вперед відпущеного налигача, перший дзвінок у театрі підлоти перед ганебною виставою. Ось вигнали з інституту мого знайомого художника, бо заявив на іспиті, що не читав і читати не збирається проєкту нової конституції. Ось інший знайомий художник кидає все на світі й опиняється чомусь аж у Таллінні — так, ніби там уже закордон. А ось офіційні глухі двері на четвертому поверсі інституту з нічим не промовистою табличкою «Первый отдел». Кажуть, ніби за тими дверима кожен із нас лежить у своїй персональній течці — зовсім прозорий, з усіма даними, такими необхідними для імперії. Там про нас знають навіть те, чого ми самі про себе не знаємо.

Ось іще кілька років минає. Щось там хтось, безперечно, про мене нотував. На роботі по закінченні інституту, у війську. З війська повертаюся вже з кількома вдалими публікаціями. Вже мене знають як поета. Вже моя книжка скоро побачить світ!

І тут уже чую їхнє близьке настирливе дихання. Сигнали вже не просто сигнали, дзвінок уже не просто дзвінок, а два дзвінки. У видавництві, де готується моя перша книжка, редактор упівголоса натякає, що мною цікавилися. Збирали про мене довідки. Аби я мав на увазі. Бо всіляке трапляється. За якісь два місяці — перше побачення. Не з дівчиною, певна річ. З двома у цивільному. Банальний виклик до військкомату (це слово мусите знати, Ваша Мужносте), і годинна розмова в зачиненому зсередини класі цивільної оборони. Суть розмови стара як світ: спокушання. Чи не хотіли б ви, Отто Вільгельмовичу, допомагати нам у нелегкій нашій роботі? Не хотів би, дякую за довіру. Чому, дозвольте поцікавитися? Бо не той у мене, и-и, характер, та й деякі погляди не збігаються. Які це такі погляди? Ну, релігійні, наприклад. Але ж ви патріот? Гм, патріот, звичайно. Якщо ви справжній патріот, то повинні нам допомагати. Ні, вибачте. Я краще буду свою справу робити. Як патріот. А ви займайтеся своєю. Успіхів. Не думали ми, що ви такий байдужий до своєї батьківщини, Отто Вільгельмовичу. Що ж, ми зробимо щодо вас неминучі висновки. Робіть. Це ваше право. Вам за це гроші платять, що ви робите висновки.

Книжку мені вони того разу не зупинили. А я найбільше боявся саме цього. Тож був дуже щасливий, коли вона вийшла. Та, виявляється, гра лишень починалась, а я, дурний, уже вважав її закінченою, мало того, виграною. Навіть вирішив бути шляхетним і суворо дотримуватися джентльменських правил. Тож нікому на світі не висповідався у першому своєму побаченні. Думав, що й останньому.

А вони тим часом працювали. Копали вглиб, проробляли версії, перебирали варіанти. Робили запити до Києва, Москви, Праги, Кракова, Відня, турбували резидентів в Америці. Прочитали мою книжку. Проаналізували. Так минуло більше року.

І от уже всі три дзвінки пролунали. І знову банальний виклик до згаданого військкомату. А мушу при цьому зауважити, що рік уже вісімдесят шостий, і московська верхівка вже щось там планує демократизувати і пом'якшувати, але держбезпека ще цього всерйоз не сприймає, а навпаки, — розцінює, як натяк згори на нову активізацію. Пора, мовляв, знову йти в наступ по всьому ідеологічному (хе-хе!) фронту.

Цього разу щодо моєї скромної й направду аполітичної особи було вигадано цілий план — гнучкий і багатоступеневий. Така собі стрілянина з гармат по горобцеві. У військкоматі, в тому самому класі, зустрів мене ще один цивіляк, уже інший. Почав з розхвалювань моєї книжки. Дружині його (хе-хе!), мовляв, дуже подобається, хоч сам він на поезії розуміється не надто, але дружині своїй довіряє в її літературних смаках. Тоді запропонував мені прочитати в рукописі твори кількох інших поетів, маловідомих, а потім у письмовій формі зробити для нього щось на кшталт рецензії: чи володіють ці люди талантом, чи можна вважати дані рукописи поезією, чи несуть вони в собі якийсь позитивний здоровий зміст. І витягає зі своєї теки якісь загальні зошити. Ні, кажу, сховайте назад, я таким не займаюся. Я поет, а не рецензент, кажу, теорію літератури знаю вкрай слабо, окситонну риму від парокситонної відрізнити не можу.

А ви не з точки зору теорії, Отто Вільгельмовичу, а так-от від душі, по-простому, як відчуваєте. Ні, кажу, не вийде. Душа — це велика таємниця. Даремно ви, Отто Вільгельмовичу, даремно. Ну, та нічого. Зопалу великі справи не робляться. Давайте за тиждень знову зустрінемося. Спокійненько собі все обміркуєте, теоретичні знання поглибите. Тільки цю похмуру будівлю з протигазами вже забудьмо. Зустрінемося краще, ну, е-е, наприклад, під фірмою «Меблі», еге ж? І ще одне: суто по-дружньому прошу вас і благаю, щоб нікому ні слова. Специфіка така, розумієте?

Чому, спитаєте мене, Ваша Королівська Справедливосте, чому, сучий хвосте, пішов ти до нього за тиждень? Невже не міг плюнути, драню, на всі їхні інтриґи, зневажити це брудне копошіння і — не прийти? Я ж не кажу — кинути в них бомбу, чи застрелити їхнього генерала, чи створити таємну організацію, ні. Не кажу й не вимагаю. Але ж не прийти на оте підле побачення ти, лайдаку, міг?

Міг, Ваша Милосте, й не прийти. Але я міркував, що таким чином і викажу свій страх, свою слабкість. Не уникати двобою, а йти йому назустріч, от як я вирішив. А страх перед ними все одно був. Містичний страх перед найгрізнішою силою імперії. Силою таємною й безжальною, професійною й озброєною.

Тож за тиждень сідаємо ми з ним, зачинивши двері, у якихось апартаментах фірми «Меблі» (чому саме там? хто дав їм ключ? кого і чим вони там завербували?), куримо,

розмовляємо. П'ять годин триває це побачення. Я воюю, мов лев. Аж сам собі дивуюся й милуюся собою збоку, як гідно, мудро і порядно тримаюся. А він прикупив собі вже нові карти проти мене. Витягає на світ Божий листа, анонімну епістолу, друковану на машинці, послання, як кажуть, з безліччю граматичних і стилістичних недоліків, адресоване самому Першому Секретареві Обкому. І в цьому листі «стурбовані громадяни» обурюються з того приводу, що «синки і внуки» фашистських посіпак, українських поліцаїв, живуть собі в нашій надміру гуманній Радянській державі і в х(...) не дують, а один із них — онук відомого злочинця поліційного коменданта фон Ф. — навіть «письменником зробився», і вже йому якусь там ворожу книжку в Києві навіть видали. Де ж справедливість на цьому світі, запитували в кінці листа «стурбовані громадяни», діти і внуки комуністичних підпільників.

Уявляєте, Отто Вільгельмовичу, каже мені мій новий приятель, що було б, якби мої люди в обкомі партії та не перехопили цю мерзоту своєчасно? І якби трапила вона до рук нашому дебільному першому секретареві? А той спустив би її вниз, якомусь засраному інструкторові, котрий з дня на день штани протирає й тільки мріє, аби задавити, знищити, розтоптати що-небудь талановите і справжнє, як ви, наприклад? Не уявляєте? А от що було б, Отто Вільгельмовичу. Спершу вдарили б вони вас статтею в обласній газетці. Скандал! Внук військового злочинця з руками по лікті у крові невинних радянських людей! З роботи б вас пішли. Про наступні книжки навіть мріяти не довелося б. Почали б ви перебиватися в нестатках, окутаний вселюдською зневагою і ненавистю, можливо, що пиячили б. І тут, Отто Вільгельмовичу, тут виникли б на вашому шляху інші діячі. Благодійники, куплені вже давно іноземними спецслужбами. І завербували б вас, ображеного на радянську владу, не зважаючи на те, що ви патріот. Страшно мені про це думати, Отто Вільгельмовичу, але, слава Богу, перехопили мої вірні хлопці оцей пасквіль, і тепер я вам обіцяю: ми знайдемо й покараємо ту паскуду, котра це писала! Честю своєю офіцерською присягаю! Тільки для цього мусимо бути разом, Отто Вільгельмовичу, мусимо один одному помагати. Вони в мене ще дізнаються, що таке талановитим поетам шкодити, усій нашій культурі багатостраждальній! Дайте вашу руку, Отто Вільгельмовичу, дорогий!

Дякую, кажу, друже мій у незримих погонах, що ви перехопили цю мерзоту, хоч не відкидаю й такої можливості, що була вона вами ж і набазграна. Але оскільки я надто високої думки про наші доблесні органи, аби припустити, що вони можуть займатися таким примітивним, брутальним таким шантажем, то прошу не розчаровувати мене і, прийнявши сердечну мою подяку, відпустити мене з Богом займатися своїми справами.

Тяжко зітхнув мій розгублений покровитель і каже: зачекайте ще хоч із чверть годинки, Отто Вільгельмовичу, все одно ми з вами вже прірву часу тут протриндикали, а я лишень подзвоню до генерала, доповім про наслідки нашої з вами бесіди. І чого б не піти мені в цю мить, твердо наполігши на своєму, — ні, мовляв, не маю вже часу і край, наговорилися вже по саму зав'язку, накурилися, гаплик, до побачення!

Ні, клята вихованість і надмірна делікатність завадили. Щиро кажучи, навіть шкода його було трохи — так тяжко наробився, бідака, і пшик з того вийшов.

А жаліти їх, виявляється, не можна, Ваша Милосте. Бо за чверть годинки вихором вривається другий — удвічі більший і дуже аґресивний. Це, як я потім собі оцінив, був наочно застосований банальний поліційний прийом з двома начальниками — один добрий, другий злий. Гра на контрастах. Так от, другий переходить у навальну атаку. Кров вашого діда — військового злочинця, каже, вирує й кипить у ваших жилах, молодий чоловіче. Бачу, що ворог ви нашій владі, прихований до пори ворог. А з ворогами не церемоняться. Готуйтеся до великих і крутих неприємностей. Я особисто організую статтю з передруком по всій республіці про криваві злодіяння вашого діда. Тоді ще одну статтю — про антирадянський за суттю своєю зміст вашої книжки. До речі, я чув, що у вас там зараз якийсь рукопис у видавництві лежить? Можете їхати до Києва й забирати. Не вийде ваш рукопис! Востаннє запитую: будете нам допомагати чи ні? Доннерветтер!

Щодо мого діда, кажу, то не все так достеменно мені про нього відомо, але знаю з окремих родинних спогадів, що на поліційній своїй посаді він більше добра зробив, аніж ваші енкаведистські попередники і наставники на своїх постах. Що багатьох від вивезення до Німеччини чи навіть від розстрілів порятував, за що мав постійні зіткнення й конфлікти з німецькою окупаційною владою. Бо він вояк був, солдат, а не жандарм, як тут деякі. Щодо антирадянського змісту книжки моєї, то хотів би я почитати того літературознавця, котрий його доведе. Самому цікаво. А до Києва по рукопис їхати не збираюся, бо мені його все одно поштою за вашим наказом пришлють. Щодо всього іншого, то робіть як знаєте, рубайте мою голову, але стукачем я вашим не буду.

Стукачі, каже той перший, лагідний, це не в нашій компетенції. Це лягаві зі стукачами працюють. І як ви, Отто Вільгельмовичу, тільки подумати про нас таке могли! У нас не стукачі — в нас люди, які добровільно допомагають. Інженери, лікарі, доценти вузів, художники, архітектори, історики. Є й письменники. Усі вони патріоти. Але менше з тим. Є в мене одна пропозиція. Давайте знову за тиждень зустрінемося. Чого нам гарячкувати, злоститися. Спокійно про все поміркуйте. Оцініть перспективу, зважте всі «за», всі «проти». Слово честі, не хотілося б вам життя поламати, Отто Вільгельмовичу.

І мені ви симпатичний, каже другий, що теж полагіднішав. Ми ж у випадку війни все одно разом в атаку ходитимем, правда ж, Отто Вільгельмовичу? Батьківщина в нас одна, ділити нам нічого. Я подумки на це розреготався, але як тут піти, хряпнувши дверима? Звичайно, вихованість і делікатність — над усе. Добре, кажу, за тиждень, то за тиждень, але твердо знаю, що рішення свого не зміню. Хіба що собі про поезію поговоримо. Про силабо-тоніку й верлібри, і про дактилічні рими.

Та й пішов, а вони там удвох лишилися.

І виявилося, що даремно я їм той тиждень подарував, ваша Сяйливосте. Бо якщо я протягом того тижня тільки й намагався, що про все забути й не думати, споживаючи всілякі міцні алкоголі, то вони склавши руки не сиділи. Аналізували, шукали, вивчали. Певні факти узагальнювали. І нову карту прикупили. Непобивану карту.

Але почалося все по-старому. Ті самі «Меблі», той самий перший. Куримо, варнякаємо. Він почав якісь фантастично солодкі перспективи змальовувати. Як їздитиму по закордонах на поетичні фестивалі. Як вони мені окреме помешкання пристарають. Як у Канаді та Штатах мої книги видаватимуть, бо в них, виявляється, там свої, з понтом українські, видавництва є. Словом, дольче віта! Я ж на це відповідав, що мені такі ситуації з життєвої практики відомі. Коли хлопець хоче дівку молоду шпокнути, він їй чого тільки не наобіцяє, а потім зробить своє опівночі під кущем і — бувай здорова, чорноброва!

Тоді знову вривається з блискавицями другий. І якого ми хріна лисого, кричить, на цього шмаркача стільки часу тратимо?! Подумаєш, суперзірка поетична! Ти мені краще скажи, як твоєї мами дівоче прізвище? Так і так, відповідаю. Так ось тобі твій другий дід, мамин батько, теж військовий злочинець, у каральних операціях брав участь і живий-здоровий, досі ще живий, і в гостях ти у нього двічі на місяць буваєш, враже поріддя!

А тоді — фотографія на стіл, перед мої очі, а там другий мій дід, молодий, тридцятилітній, в якійсь уніформі, дивізійна, мабуть.

Що, яблуко від яблуні, тріумфує другий, відвисла щелепа? Так от, суперзірко наша дорогенька, завтра ж твого дідуся коханого заметемо. Справа є, свідки є, суд буде! Скільки йому років, кажеш? Сімдесят чотири? Міг би ще потоптати рясту, звичайно, але через упертого внука «вишку» заробить. Се ля ві!

І тут уперше не знайшовся я, Ваша Милосте, що сказати. Лишень уявив собі судову залу, маму в чорному одязі, почув чийсь механічний голос: «Вирок приведений у виконання». І своє довге-довге життя з вічною провиною в грудях.

Давайте, кажу, папір. Вони замалим не танцювали, хоч зовні були стримані. А я написав найганебніший у житті диктант. Про те, що «добровільно зобов'язуюся допомагати». Що з метою конспірації буду відгукуватись на прізвисько...

Може, «Рембо», пропонує перший, бо я, дурень, перед тим йому про своїх улюблених поетів розповідав. Ні, відповідаю, не смію поганити великого імені, не хочу. То, може, «Артур», підказує другий (десь прочув, собацюра, що Рембо Артюром звався!). Хай вам буде Артур. Так і намалював.

Що ж, зітхнув із полегкістю другий, вітаю, Отто Вільгельмовичу, нарешті ви вчинок здійснили, розумний і правильний, гуманний крок. Хай живе собі ваш дідусь дорогенький, потрібен він нам тепер сто років! Працювати надалі будете з ним, киває на першого, мене ви не знаєте. Головне для вас — звикнути і заспокоїтись. Адже віднині ваше життя стає і багатшим, і цікавішим. Пам'ятайте — не ви перший, не ви останній. Робота в нас така!

На цьому ми розійшлися, хоча перед тим я від першого отримав ще деякі технічні настанови. Якщо, наприклад, зауважу на своїй поштовій скриньці, у лівому верхньому кутику, маленький крейдяний кружечок, як ото діти іноді малюють, то це означає, що нам треба зустрітися. Я тоді повинен до нього потелефонувати і, не називаючи свого прізвища та й взагалі будь-чийого прізвища, домовитися про зустріч у певному місці.

Але, Отто Вільгельмовичу, не журіться так тяжко, зустрічатися будемо зрідка — раз на три місяці щонайбільше, а щодо всього іншого, то будьте собі вільним, творіть поезії, слухайте музику, до речі, можемо гарні західні записи для вас дістати, їдьте на відпочинок, словом, живіть і насолоджуйтеся! І пам'ятайте, що віднині ви під нашим постійним захистом. І — дотримання суворої таємниці, бо інакше... Строку давності в нас нема. Але про це не будемо.

Звичайно, Ваша Королівська Милосте, що я й доби не витримав цього пекла пекельного. Мені здавалося, що звідусіль за мною стежать, підслуховують з телефонів та вентиляційних люків, ставлять під моїми вікнами підозрілі машини зі спеціальним устаткуванням. Тільки тоді й почалося!

Бо, ще й на півслові нікого не зрадивши, нічого ще не заподіявши нікому, я вже почував себе Юдою, бачив навіть усохле гілля того дерева, що на ньому, безумовно, повішуся. Скреготав зубами, як душа пекельна, і лікті кусав. І ніякого шляху не бачив перед собою.

І вже наступного дня порушив їхні умови. Поїхав до найближчого товариша, і пішли ми з ним далеко у поле, і там я висповідався в усьому, що зі мною протягом останніх тижнів відбулося. Підозрілі волошки стирчали з трави, наче мікрофони. У кроні карачкуватої черешні, здається, було сховано радар.

Петро, мій товариш, спохмурів, коли я все йому до кінця виповів, подумав трохи і сказав таке:

— Чого ти не прийшов раніше, коли вони ще лишень крутили тебе? Я б тобі все пояснив, порадив, як бути, щось би ми з того вишукали. Існує одне золоте правило для всіх нас: не підписувати жодного з їхніх паперів. Що б там не було, не підписувати! З дідом вони просто блефувати могли. Треба було грати ва-банк. Але тепер уже пізно — ти підписав. Проте немає міста без дверей. Тягни час, дури їх, роби так, аби бути для них нецікавим. Зосередься на собі, уникай нових зв'язків і пиши такі вірші, які все виправдають. Пияч, але не втрачай голови, вони воліють не мати справи з пияками — це для них ризиковано. Мине якийсь час — і вони відчепляться, побачивши, що з цієї корови молока не буде.

Петро світився, наче апостол, і вечоріло в полі, й сонце лягало спати, і тоді осягнув я, Ваша Милосте, що вони завжди користуються нашою роз'єднаністю, але от подолав я її, висповідався, і я вже не сам тепер.

Кілька разів з'являвся відтоді малий крейдяний кружечок на моїй поштовій скриньці. Хто малював його, хотів би я знати? Двірничка? Поштарка? Хтось із сусідів? Чи сам ангел-охоронець у незримих погонах з майорською зіркою? Коли він це робив? Опівночі, коли виходять на нічне чергування привиди? Чи з третіми півнями, коли вся бісівська гвардія западає під землю?

Кілька разів стрічалися ми на певній конспіративній хаті. Курили, я говорив про ніщо. Ні на крихту, ні на пів нігтика, мимоволі навіть, не зрадив нікого й не продав — усе бачить

Бог, моя остання надія, і хай Він судить мене. Жодного паперу не писав для них більше, хоч як не тис на мене мій візаві. Пиячив тоді справді багато, але то вже моя приватна справа. Витверезники були моїм політичним притулком.

Тим часом імперія починала тріщати. Здається, під час третьої з таких зустрічей я твердо зажадав від нього повного розриву стосунків. Я сказав, аби він влаштував мені зустріч з їхнім генералом, якому я все викажу про той мерзенний шантаж, пообіцяв, що звернуся до преси (так, тепер я загрожував пресою!), до Києва, до Москви, бо існує межа всьому, і я зараз стою на ній. Він таки, здається, перебздів, бо тільки розвів руками і сказав, що зведе мене з генералом, але обіцянки не виконав і надовго зник. Тепер я шукав його, телефонував, щоб наполягти, але він посилався на якісь тривалі відрядження. Він ховався від мене. По вулиці ходив з високо піднятим коміром плаща і в капелюсі, низько насунутому на очі.

І тільки через рік — улітку вісімдесят восьмого — без крейдяного кружечка, а просто і по-людськи, він сам потелефонував до мене, аби домовитися про зустріч. Підведемо риску, сказав.

Наступного дня, нікуди не заходячи, в одній з бічних вуличок, він повідомив мене, що надалі наші стосунки припиняються. Я можу вважати себе вільним від усіх зобов'язань, крім одного — щодо збереження в таємниці нашої невдалої спроби, як він це назвав, працювати разом. Це останнє зобов'язання я, Ваша Милосте, урочисто порушую зараз, пишучи цього листа. Я розголошую цю таємницю. Амінь.

Не винен я ні перед ким. Дідові своєму, віднедавна вже небіжчикові, не сказав ані слова, хоч він, бідолаха, певно, відчував від них якусь загрозу і дуже хотів мене бачити перед смертю. Я, одначе, встиг лише на похорон.

Винен я перед собою. Що приходив на їхні виклики. Що подавав їм руку з безмежної вихованості, вважаючи, зрештою, також людьми, хоч і скаліченими. Що написав той папір, котрий і досі там, в їхніх архівах — жовкне, блякне, тліє, але він є, доказ моєї слабкості, свідок сум'яття душевного й розгубленості, підписаний дурнувато-претензійним і ненависним відтоді для мене іменем.

Ось така в мене сповідь, у многогрішного, Королю Мій, тільки перед Вами хочу прощення просити.

Безперечно, що надзвичайна урядова комісія спробує розслідувати причини загадкового вибуху в «Закусочній». Безперечно, що повідомлення про це буде сьогодні прочитане суворим диктором програми «Час». Але яке тобі, фон Ф., діло до всього того? Светр у тебе промок до ниточки, і сорочка під ним промокла, і стоїш ти, хитаєшся аграматичним питальником, як сказав поет, перед головним входом до «Дитячого світу», перед брамою цього дурнуватого велетня, народженого в найзолотіші часи імперії, й не знаєш уже до ладу, чого ти стоїш, чого цей дощ і що від тебе хоче цей «Дитячий світ», чому так мучить твою переобтяжену свідомість самим тільки фактом свого існування, своєї присутності в центрі Москви, неподалік від темного пам'ятникового Дзержинського, дуже схожого на Дон Кіхота.

І година вже скоро шоста, а ти, фон Ф., усе ще не знаєш, чого сюди прийшов, і якщо боротимеш цю проблемку ще з годину, то вже нікуди йти і не треба буде, бо все на світі зачинять, і так вирішаться усі твої пекучі проблеми, принаймні одна з них. Стоїш, мов пам'ятник самому собі, пам'ятник п'яному мислителю з торбою в руці, а навколо море людей, яке навіть під дощем продовжує щось продавати — жувачки, парфуми, плащі, черевики, порнографію, пістолети, наркотики — під самим носом в отетерілого Дзержинського, дуже схожого на Дон Кіхота; вони ходять навколо тебе і смикають тебе за рукави, ці щирі нехитрі люди із загадковими і просвітленими російськими душами.

Тим часом подумки робиш поздовжній розтин себе самого. Так, вочевидь, легше зосередитися й дійти до суті. Отже, на самому споді маєш пиво. Літрів так із три-чотири жовтого каламутного напою, звареного спеціально для пролетаріату. Поверх нього теплий і червоний шар вина. Там зароджуються горотворчі процеси, це вулканні глибини. Далі йде порівняно вузький, зупинений десь на рівні середини стравоходу, шар горілки. Це дуже активний проміжок у сенсі біологічному. В певний момент він може виявитися каталізатором великих оновлювальних тенденцій. Це, власне кажучи, вибухівка. Понад горілкою, ближче до горлянки, залягає кавеен — «крєпкій віноградний напіток». У разі виверження ти фонтануватимеш найперше ним. Він смердючий і бурий, як нафта.

Отака, в найзагальніших рисах, ця схема твоєї внутрішньої порожнечі. Про кров та все інше поки що мовчимо.

Тепер на черзі одне приємне відкриття. Виявляється, що в «Закусочній» разом зі здачею тобі у власність перейшла двокопійчана монета. А це означає, що з найближчого автомата слід подзвонити до Кирила, аби попередити його про своє можливе спізнення.

Цього разу ніхто, здається, не відповідає. Нарешті чуєш у слухавці знайомий голос:

— Е-е, Кириле, це я, привіт.

— О'кей.

— Що «о'кей», чорт забирай? Я дзвоню, не чуєш?

— Чую, друже.

— Я вже тут, на місці.

— Що ти маєш на увазі?

— Я кажу, що прийшов! Я прийшов, ясно? Прийшов і стою! Ми ж домовлялися тут, під «Дитячим світом», ні?

— Під «Дитячим світом»? — ти на відстані бачиш, як здивовано підскакують угору гайдамацькі Кирилові брови. — Коли ми про це домовлялися? Що ти кажеш, чоловіче? Що з тобою відбувається?

— Зі мною все о'кей, Кириле. Хоч я недавно уникнув певної смерті. Справа в тому, що вибухнула «Закусочная» на розі Арбату — та сама, де ти колись показував мені рухівську газету.

— Що ти мелеш? Тобі є погано?

— Мені погано. Мені дуже погано, Кириле. Я складаюся з чотирьох внутрішніх рівнів.

— Чи ти міг би все-таки сюди приїхати? — у голосі його відверте занепокоєння, що межує з розгубленістю. — Ми вже докінчуємо формування першого числа. Затримка є тільки за тобою. Ми досить незле тут попрацювали: Омелян Порфирович, Андрій, Люба...

— Кириле, — перебиваєш його, — ти можеш Любу покликати до телефону?

— Зараз, — відповідає після деякого вагання. — Але що тобі є?

— Я повинен їй сказати щось дуже важливе.

— Альо, — чуєш невдовзі Любин голос.

— Люба, — вимовляєш, намагаючись укласти в це слово якомога більше ніжності, всю свою ніжність, усю ніжність світу.

— Я слухаю, так, — Люба володіє пікантною російською вимовою, навіть якщо говорить по-українськи.

— Люба, я давно хотів вам сказати...

— Щьо, щьо ви хатіли мені сказати, пане Отта?..

— Що ви мені шалено подобаєтесь. Я цілком утратив голову через ваші найкращі у світі ноги... Допустіть мене до них, Люба...

— Боже, щьо це, — вона сміється, — мені це дуже приємна чюти, Отта, але...

— Не треба ніяких «але», я вас прошу. Люба, — тепло видихаєш її ім'я разом із пахощами кавеену.

— Щьо з вами, дарагий? Я ніколи б не падумала...

— Подумайте, Люба, Лю-бо, Лю-бо-ве...

Вона знову дещо нервово сміється, чуєш навіть певну схвильовану сухість в її голосі, але в цей час усе обривається. Три хвилини, відведені на зв'язок, минули.

Так. Одне ти з'ясував точно. Зустрічатися з Кирилом ти повинен був у нього вдома. *Ergo*, під «Дитячим світом» ти стовбичиш з якоїсь іншої причини. Але з якої, хотів би ти знати! Хіба піти спитатися в Дзержинського. У Залізного Фелікса. Ні, в Залізного Зіґфріда. У Конрада Клауса Еріха Дзержинського. Або в Райнера Анзельма Віллібальда Кірова. Або у Вольфґанґа Теодора Амадея Леніна. Він тут неподалік, під склом, живіший од живих.

Але от що! Треба постаратися зайти досередини, пролізти через пащеку цього чудовиська і побувати там, у нього в череві. Можливо, там ти про все і згадаєш. Вистачить якогось незначного нюансу, побіжного натяку, віддаленої асоціації — й ти згадаєш усе: чого сюди приперся, навіщо це все і якого хріна взагалі ти існуєш на світі, п'яна потворо з незначними здібностями до римування. Так що — аванті, до пшоду і до входу, розштовхуй ліктями всю цю примітивну поліетнічну юрму і пропихайся в цей світ, цей жорстокий, тісний, ненормальний, нервовий, цинічний дитячий світ! Адже, можливо, саме тут, у цих залах, на цих поверхах, у цих безглуздих чергах за нічим, наші діти втрачають своє дитинство і перестають бути дітьми. Виходять звідси сформованими дебілами, придатними тільки для будівництва комунізму, чи реального соціалізму, чи якихось подібних абсурдних занять.

Перший поверх — це іграшки. Точніше, відсутність іграшок. З усього можливого асортименту, з усього світу чарівних фантазій, з усього паралельного і казкового піднебесся існує тільки складаний паперовий голуб, яким забиті усі відділи. Тисячі, сотні тисяч, мільйони складаних паперових голубів!

Цілий материк паперових голубів, запакованих у сині коробки. Все інше розкупили ще перед революцією. І тільки паперові голуби існують для того, аби створювати для іноземних розвідників ілюзію приявного товару й іграшкового достатку. Голубів продукує певний танковий завод. Це супутній виріб. Окремі зневірені відвідувачі, махнувши на все рукою, зважуються й купують. І щасливі радянські діти, розмазуючи сльози невдоволення по щоках, несуть під пахвами літаючих паперових голубів. Розчарування, і втрати, і скрегіт зубовний. Але голубів на полицях від того не меншає.

І де в них пак туалет, га? Страшенно хочеться злити воду. Періодично трапляються всілякі абсурдні вказівники на кшталт «1-й Артиллерийский проезд», але тобі не йдеться про гармати, хочеш вистрелити з чогось іншого звичайним теплим струменем, аби легше зробилося на серці, аби відродитися в цій непролазній залі, серед роздратованого і покірного натовпу. Минаєш якісь порожні відділи, потім секцію зубних щіток і грамплатівок, переповнену паперовими голубами і смердючими гімнами всіх союзних республік, виданими на фірмі «Мелодія», аж ось — нарешті!

Недвозначні двері з літерою «М». Намацуєш у кишені двадцять копійок. Хоча, якби вони зажадали сто карбованців, ти не торгувався б ані секунди. Бабуся при вході чуло приймає твою монету. Московські бабусі вміють співчувати пиякам. Вони ніколи не сваряться, не вичитують, вони приймають пияків як даність. Бути п'яним у Москві — це все одно, що мати волосся досить поширеного кольору. Хіба можна докоряти людині за колір її волосся? Мабуть, ні.

Проходиш у пісуар, обкладений старовинними, можливо, навіть античними, кахлями, і мимоволі звертаєш увагу на респектабельно вдягнутого сивіючого добродія, що просто стоїть собі та й курить. Худорлявий південний тип років на шістдесят, костюм сидить бездоганно, краватка з лискучою брошкою, золотий зуб, засмагле обличчя — якийсь азер, або ара, або й циган. Проводжає тебе досить масним поглядом. Щось останнім часом забагато гоміків розвелося — чують, певно, прийдешні зміни в законодавстві і все відвертіше виявляють свої ориґінальні нахили.

Торбеґу закидаєш на плече і починаєш боротьбу із «блискавкою» дещо замерзлими на дощі руками. У таку мить головне бути спокійним і не приймати бажане за дійсне. Прикро було б потерпіти поразку вже тут, біля самої мети. Тому кожен твій рух підкреслено зосереджений, виважений і самозаглиблений...

Усе це тривало досить довго, але справді принесло тобі море задоволення. Тягнеш «блискавку» і незалежно йдеш повз сивіючого дядечка з нетрадиційними звичками. Витріщився на тебе досить нахабно, ще й посміхається кутиками вуст. Не на того натрапив, шановний! Тут коби з усіма бабами дати раду! Даремно прагнеш спокусити мене своїм золотим зубом. Чао, старий!

Виявляється, починати слід було з туалету. Бо після його відвідин настало дивовижне прояснiння, і ти раптово згадав про друзів, про їхніх дітей і про те, чого прийшов сюди. Виходиш у залу і бачиш ситуацію ясно, мов на долоні. Тож поки не пізно, варто купити кількох паперових голубів. Це єдине, що можна зробити для твоїх друзів та їхніх маленьких гарних діточок. Зрештою, не такий уже й кепський подарунок — символ миру і Святого Духа. Усе-таки не танк і не автомат чи якась інша мілітарна дурниця.

Сягаєш до торби по гаманець. Є у твоїй великій торбі така бічна кишеня. Але гаманця в ній нема. Що ж, спокійно, фон Ф. Само собою зрозуміло, що гаманець не в бічній кишені, а всередині. Звичайно, ти поклав його туди, заплативши за їдло в «Закусочній». Стаєш на одне коліно і розкриваєш торбу. Довго і вперто шукаєш у ній гаманця. Але знаходиш тільки щось велике і пласке, загорнуте в газету «Литературная Россия». Якась рибина з вусами. Сом! Звідкіля він тут узявся, хто мені скаже?

Що ж, рибина це добре. Але де гаманець? Куди він запропав, чорт забирай! Там не так уже й багато грошей, але вони всі там. Усі твої бабулі. До того ж авіаквиток додому, адже за пів місяця тобі назавше повертатись додому, і ти вистояв чотири з половиною години в черзі за отим квитком.

Ще раз передивися торбу, небоженьку. І ти починаєш порпатися в її порожнечі, в пащеці у сома, залазити рукою в усі відділи, підвідділи, секції, кишені. А тим часом з дверей туалету виходить сивіючий добродій з брошкою. На мить ваші погляди перетинаються. Забачивши тебе, він круто, на високих підборах, повертає праворуч і зникає у дверях бічного виходу.

Ось що таке зіпсована постмодерністична свідомість, фон Ф.! Прийняти за гоміка кишенькового злодія, старого витонченого аристократа, віртуоза своєї справи! Безперечно, то він сягнув рукою до твоєї торбеґи, поки ти насолоджувався процесом сечовиділення. І тепер, дурню, маєш лічені секунди на роздуми. Швидше ловити одного з тутешніх ментів, мобілізувати їх усіх на розшуки, оголосити по радіо всесоюзну гонитву, ввімкнути сирену, зібрати найкращих криміналістів і вдатися до послуг фоторобота! Але пострівай, друже, не метушися. У твоєму легковажному стані надто ризиковано шукати собі прибічників серед міліції. Ця пригода може закінчитися ударами по нирках-печінках і холодним душем. А ти любиш тільки гарячі душі, до того ж по саму зав'язку намокся нині під усіма дощами Москви.

Кидаєшся у той самий вихід, у якому щойно зник циганський барон. Це сходова клітка, і вона має сходи догори, але й має сходи донизу — в підвали «Дитячого світу». Навряд чи він пішов униз, бо що йому там робити, в отих понурих підвалах, кому він там потрібен? Звичайно, він міг утікати тільки вгору — загубитися десь на горішніх поверхах, серед манекенів, шкільних уніформ, пальт, штанів і черевиків, яких, щоправда, вже давно немає. Вочевидь, усі горішні поверхи так само забиті паперовим голубом. Злочинець міг заховатися в одній з голубиних зграй. Отже, він безперечно пішов нагору.

Тому ти інтуїтивно збігаєш униз. Кілька сходових маршів, якісь двері з колодками, явно зачинені, довгий вузький коридор, освітлений єдиною жарівкою при вході. Ані душі живої, як на третій день творення. І водночас відчуття таке, ніби хтось тут є, хтось дихає потаємно в цій напівтемряві, за одними з дверей. Слід зачаїтися і чекати. Це єдиний шанс.

Чекати, аж поки не зачинять усе на світі. Якщо він десь тут, то невдовзі обов'язково захоче вийти.

Сідаєш за великою металевою тачкою з написом на борті «Обувной отдел» кривими чорними літерами. Прислухаєшся, але чуєш тільки відгомін приреченого крамничного життя нагорі. Можна було би позичити грошву, скажімо, в Кирила, але тепер він на тебе ображений, до того ж ти наговорив по телефону купу непристойностей його дружині про її — середні, зрештою — ноги. І головне — як тепер роздобути квиток додому. Адже їх давно немає — ти впевнений.

Залишається зімкнути очі й потихеньку сконати тут, під оцією тачкою. Ти, що мріяв подорожувати й писати незбагненні пронизливі рядки, прокидатись у Венеції й лягати спати в Єрусалимі, ти, що хотів обійняти всіх людей світу і кохати всіх жінок світу, ти, блазню, що ставився до життя, як до пляшки міцного коштовного напою, помирай тепер тут у невіданні, неопізнаним тілом у вогкому светрі. Тиха сльоза скотилася твоєю щокою. Не чекайте мене, о ті, що чекаєте, не прийду вже до вас!

Невдовзі цю будівлю зачинять. Настане безмежна ніч у страшному підземеллі. Потім буде ще ціла неділя, а потім знову ніч. У понеділок тебе знайдуть тут, біля тачки, закоцюблого. Щоправда, коли розумно розпорядитися сомом, то можна протягнути і з тиждень. Воду також можна де-небудь знайти, у тих же туалетах, наприклад. Усе виглядає не зовсім безнадійно. Ти все-таки вистежиш його, підлого злодіяку, і, відібравши свій рідний гаманець, поїдеш назад у гуртожиток — помитися в душі, поголитися, з'їсти що-небудь на сніданок. Увечері можна буде піти до Малого залу консерваторії на «Реквієм» Моцарта. Під благодатним впливом його нелюдської музики почати врешті свій роман у віршах. Отримати за нього довічну стипендію від Його Королівської Милості й пуститися в навколосвітню подорож...

Плин твоїх думок переривають кроки, що наближаються з боку коридору. Хтось там усе-таки був! Напружуєшся, наче лучник за мить перед пострілом. Рвучко підводишся з-за тачки, мало не втративши при цьому рівновагу. Пити менше треба. При виході з коридору, якраз під жарівкою, бачиш спалах знайомої брошки. Він!

Заступаєш йому шлях.

— Віддай, — кажеш безкомпромісним голосом.

— Што ти, мальчік? — знизує плечима злодійський барон. — Много випіл, да?

Підійти на два-три кроки ближче. Тоді можна буде дістати його ногою. Бити по яйцях і тільки по них — це жорстоко, але певно. Торба в руці трохи заважатиме, але й її можна буде використати — досить цупка, із жорсткого замінника шкіри.

— Віддай, — повторюєш металево, зробивши кілька кроків уперед.

Він сягає до кишені. Це вже гірше. Цього ти не передбачив. Але встигаєш копнути його по руці, і газовий балончик відлітає далеко вбік. Він кидається назад — у темряву коридору. Тепер тільки ноги поможуть тобі, фон Ф., п'яні, але досить довгі ноги, стомлені ноги молодого поета. І так починається ця гонитва...

Одні з дверей — либонь, чи не останні — виявилися незачиненими. Тоді знову були сходи, круті сходи кудись униз, майже нічим не освітлені, коли не брати до уваги червонуваті світелка з якоюсь сигналізацією чи тому подібною бідою. Він біг метрів за п'ять перед тобою, відверто тяжко дихаючи. Але тобі ніяк не вдавалося скоротити відстань. Ти, вочевидь, набагато гірше від нього бачиш у темряві, тому змушений був постійно пригальмовувати і замалим не обмацувати пошерхлі муровані виступи стін на крутих поворотах. До того ж твоя кутаста величезна торбега не завжди плавно вписувалася у ширину сходової клітки.

Мимоволі тобі згадалося, що справжні кишенькові злодії — ці королі найтоншого ремесла, — як правило, діють певними угрупованнями. І твій утікач, цілком можливо, затягує тебе в якусь жахливу пастку, в бандитське лігво, де їх буде безліч проти тебе одного. Ця думка викликала все гостріші болі в печінці та все відчутніший брак повітря в легенях. Хотілося зупинитися і, плюнувши на все, полежати де-небудь.

На щастя, сходи врешті скінчилися. Унизу знову був якийсь коридор, на цей раз значно ширший, але цілком неосвітлений. Довелося знову сповільнити біг, адже в такій пітьмі дуже просто напоротися на підніжку, палицю, кастет, зустрічний кулак. Тим більше, що кроків утікача вже не чути було. Десь він тяжко відсапувався там, попереду.

— Гей, старий! — крикнув ти, зупинившись і долаючи задуху. — Давай поговоримо!

— Мудак! — відповів він на це, похрипуючи легенями. — Мудак і фраєр!

— Ми з тобою задалеко зайшли, дєда, — почав ти якомога твердіше. — У твоєму падлючому віці недобре так гуцикати...

— Чьо, ну чьо ти прівязался, чьо пріє(...)ся, мудак ти, калєка? — відповідав на це барон.

— Заткайся і слухай! Ай хев е пропозишн. Забирай собі всі гроші...

— Какіє гроші, какіє гроші, о чом шепчеш, синок? — залопотав він.

— Забирай собі всі гроші з украденого в мене гаманця, — продовжував ти.

— Какова гаманца, шо ти гоніш? — тримався барон.

— Забирай собі всі гроші з украденого в мене у туалеті гаманця, ти, зрештою, чесно їх набігав. Але віддай мені квиток, мій авіаквиток, віддай мені квиток з моїм прізвищем. Там моє прізвище, січеш? Яка тобі з нього користь, дєда? Там моє прізвище, ясно тобі, ти, х(...) темний!

— Нє-а.

— Чому, поясни мені, ти, коню циганський?

— Бо я здам єво в любую касу і гроші получу, — цинічно пояснив барон.

— Мало тобі, падло, тих грошей, що в гаманці? — здивувався ти.

— Шо ти, мальчік, яких грошей, што ти, обкурілся, што лі? — знову повів він свою примітивну гру.

Ти зробив кілька обережних кроків уперед, на його голос. І відразу ж почув, що він також зрушив із місця.

— Стій, дєда! — спробував ти новий варіант порозуміння. — Ми ж, напевно, свої. Ти звідки будеш, га?

— З Бєлой Церкві, мальчік. То єсть, з Кривого Рога. То єсть, наоборот, — із Шепетовкі, штат Кашмір, провінція Пенджаб... І нікакой ти мнє нє свой, тля бендеровськая!..

Ти ринув на зламану голову вперед. Він усе-таки цього не сподівався. Але встиг вислизнути вже майже з рук тобі. Ви знову побігли — шалено молотячи ногами по якійсь битій цеглі, по уламках дротів і залізяччя, по всьому, що було начебто підлогою цього підозрілого місця. Розмахуючи торбою, наче пращею, ти намагався зачепити його за підборіддя або шию.

Зрештою, за одним із поворотів це тобі з бідою вдалося. Використовуючи торбу замість ласо, ти почав тягнути його до себе. Він харчав і впирався, люто хвицаючись ногами, водночас руками намагаючись віддерти твою досить неприємну торбеґу від шиї. Якоїсь миті йому вдалося боляче копнути тебе в коліно. Падаючи, ти потягнув його за собою, але саме в цю мить він вивернув голову з-під ручок твоєї торби й знову став вільним.

Трохи повагавшись, чи добивати тебе, лежачого і стогнучого тут, на цій битій цеглі, чи по-баронськи піти геть з високо піднятою головою, він вибрав останнє.

— Мудак ти і фраєр, — сказав ніби на прощання, відійшовши, щоправда, на деяку безпечну відстань.

Тоді презухвало витягнув з кишені твій гаманець і, присвічуючи своєю фосфоресцентною брошкою, порахував усі гроші.

— Малувато, — сказав ніби сам до себе. — Бєдно жівьош, синок, да? Ага, білєт! — і, глянувши на ціну квитка, вочевидь, лишився задоволений.

— Пока! — махнув тобі рукою і, поблискуючи брошкою, впевнено пішов туди, звідки ви щойно надбігли, себто на вихід, маючи, певно, надію встигнути вчасно вибратися з цього «Дитячого світу», чи де ви там уже опинилися.

Ти скреготав зубами, нараз відчувши все: що коліно розпухає з шаленою швидкістю, що температура знову підвищилася й тебе починає люто морозити, що алкоголь вивітрюється й невдовзі навіть він не помагатиме.

— Я хворий і поранений, — промовив ти у коридорну темряву.

І почув, як звідти, з темряви, реготнув твій суперник. Він уже відійшов досить далеко. Його сміх робився дедалі нестримнішим і дурнуватішим. Божевільні сплески цього сміху дратівливо налітали на тебе, лежачого. І ти, долаючи все, поповз йому вслід. Бита цегла з уламками дротів ворушилася під твоїм животом. Сміху дедалі більшало, він переповнював коридор, виливався з нього в якісь бічні проходи, він лунав усе знущальніше й переможніше. Сміх був таким, що лише заради нього варто було ухайдикати старого блазня. Сміх був розкотистий. Здавалося, ніщо й ніколи не потрафить його зупинити. Це був не просто сміх. Це була стихія...

Яка зненацька урвалася нелюдським зойком. Посеред задушливого, тісного реготу раптом народився несамовитий крик. Можливо, так кричать тварини, напоровшись на ніж. Можливо, так кричить відрубана свиняча голова.

Ти врешті зміг підвестися. А крик не вщухав, і ти побрів на нього, шкутильгаючи і спльовуючи, а крик набував якихось нових якостей — щоразу більше жахіття й відчаю було в ньому. Він ні про що не просив, бо вже ні в що не вірив, той крик.

Становище й справді виглядало безнадійним. Ти зрозумів це, коли метрів за тридцять надибав на роззявлений у підлозі люк, з глибин якого й воззвах твій нещасний барон. Безперечно, він упав сюди, надміру зареготавшись і навіть не дивлячись під ноги, що було фатальною помилкою. Зараз він з останніх сил висів, ухопившись за поржавілі уламки арматури на глибині десь так двох метрів під поверхнею люка, понад бурхливим і вкрай смердючим потоком каналізації, про що свідчив лише блиск його золотого зуба, що невгасимо горів у роззявленій волаючій пащеці. Намагався дряпатися вгору, але тяжкі баговинні води не відпускали його, загрузлого вже по пояс.

Знизу він побачив тебе, схиленого чорним силуетом над його ямою, і перестав верещати.

— Синок, витащі меня, — попросив захриплим голосом.

— Навряд чи що з того вийде, старий, — запевнив ти його. Але, видно, розчарував своєю відповіддю.

— Синок, ну нє подихать же мнє, а? В гамнє, синок? А? — перейшов він до благань.

— У всякого своя доля, — зітхнув ти.

— І свій шлях широкий, — додав він. — Памагі, слиш, зємлячок, витащі мєня, — все ж йому доводилося добряче напружувати голосові зв'язки, аби перекричати вирування страхітливих вод під собою.

— І як би я, по-твоєму, мав це зробити? — поцікавився ти, щоб трохи його збадьорити перед смертю.

— Ти спустісь, будь добр, сюда ніже, чуєш, вон по трубє, тогда достанєш рукой мою руку, понял? — говорити йому було дедалі важче, раз у раз доводилося випльовувати якісь каналізаційні згустки, але він ще поблискував золотим зубом.

— Я, напевно, саме так і зробив би, стрийку, але чогось коліно дуже розболілося, — знову розчарував ти його.

— Ну, ізвіні, ну, брось ти шутіть, землякя, ну, дай руку, слиш?

— Не дам, — твердо пообіцяв ти. — Будеш у пеклі — передавай вітання. А я все-таки піду звідси. Надто вже смердить!

І демонстративно, хоч він, певно, й не бачить, затикаєш носа. А він знову береться за крик, бо що йому лишається, і поринає все глибше й смертельніше в бурі, тьмяні, жахні, теплі московські відходи.

І ти віддаляєшся від люка і тулишся до вогкої стіни коридору, бо ледве стоїш на ногах і чути не можеш цього крику, а від смороду забило тобі дух, і ти ледь не плачеш, бо таки шкода тобі старого скурвого сина. І з останніми його воланнями, заклинаннями й захлинаннями гасне твоя надія повернути собі бодай авіаквиток...

Він борюкався ще хвилини зо три. Досить сильним виявився. Але врешті таки відпустив, розчепив зсудомлені пальці і ковзнув униз, і обійняли його води до душі його, і все затихло в темнім підвалі Москви, і тільки ти, фон Ф., у ньому лишився, розмірковуючи про те, чи є хоч крапля твоєї провини в його передчасній смерті, чи повинен був ти, ризикуючи собою, все-таки врятувати його аристократичне злодійське тіло. І про те, що колись, вичищаючи забиті лайном протоки міської московської каналізації, бригада ліміти у кисневих масках обов'язково випорпає з намулу якусь брошку, або золотий зуб, або гаманець — напівзітлілий, розбухлий, повний усілякої дрібної гидоти...

Але тепер ти опинився в цій дірі цілком самотнім. Ти, фон Ф., ще й сам достоту не розумієш, в яку невилазну пастку потрапив, небоженьку. Бо здавалось тобі, що вірним шляхом культаєш, товаришу, а виявилось — ні. Не той це був коридор, і всі двері в ньому не ті. І всі двері в ньому зачинені, і всі стіни замуровані, і далекі одна від одної тьмяні жарівки не надто допомагають — ні, швидше існують лише для того, щоб ти, бевзю, час від часу пересвідчувався — виходу нема.

Тим більше, що вже давно по сьомій, себто це громаддя над тобою, цей «Дитячий світ» зачинено аж до понеділка, і ходить по ньому лише двоє-троє сумних мілітонів, нечутних, наче привиди, що охороняють простір з паперовими голубами. І навіть якщо видертися нагору, і навіть якщо знайти звідси вихід, — усе одно доведеться бути затриманим і допитуваним, а потім, чого доброго, ще й копаним, печінкованим, попідребрюваним тощо.

Тож існує в тебе, любий фон Ф., аж два варіанти. Перший полягає в тому, щоб якимось дивом дожити у цій темряві до понеділка, попередньо все-таки розшукавши той клятий вихід, біля якого зачаїтися. І зранку в понеділок преспокійно вигулькнути собі з нього, насвистуючи, та й піти геть (у гуртожиток, до Кирила, до Галі, в Малий зал консерваторії, в пивбар на Фонвізіна — далі починається ціла безліч підваріантів). Другий ґрунтується на визнанні боротьби яко сенсу життя. Другий варіант — це наполегливе й виснажливе шукання третього варіанту, себто якоїсь невідомої тобі можливості вибратися, ні, вибабратися звідси.

Не вагаючись, обираєш другий, п'яне одоробло. Бо що тобі ще залишається, як не безпідставні сподіванки на чудовий порятунок? І тому прагнеш бути холодним, залізним та раціональним. Хоча, коли температура твого страдженного тіла сягає тридцяти дев'яти, це майже неможливо. Але спробуй, коханий, спробуй.

Отже. Існує підвал, в якому я. Це, можливо, якісь резервові приміщення магазину «Дитячий світ» або, скажімо, Комітету державної безпеки. Зрештою, в гонитві за бідолашним циганом, царство йому пекельне, минуло стільки часу і простору, що це може бути, наприклад, XVI століття, епоха Івана Грозного. Це підземелля може залягати під чим завгодно — під Кремлівською стіною, під Успенським собором, під Балшой-театром, під Центральним телеграфом, під Головним поштамтом, під готелем «Метрополь», під ЦУМом, під ГУМом чи під будь-яким іншим гівном.

До речі. Погляд з точки зору каналізації. Вона вирує не так уже й глибоко піді мною. Причому це одне з маґістральних річищ — русло, в яке зливаються середні та малі каналізаційні потоки. Але що ще можна до цього додати? А нічого. Бо колись мені радили мудрі люди вивчити схему московської клоаки — в житті, як і в літературі, все може знадобитися, тим більше, я хотів описати її у своєму віршованому романі. Однак лінощі і постійна зайнятість жіноцтвом перешкодили мені це зробити. З усього, що стосується каналізаційних систем, пригадую лише слово «колектор», хоча колектори існують і в бібліотечній справі. Зрештою, будь-яка бібліотека — це велика (більша чи менша) каналізація людського духу. Визначення, яке варто запам'ятати для своєї майбутньої нобелівської лекції.

Гей, фон Ф., кретине, про яку нобелівську лекцію ти зараз триндиш, про яку нобелівську лекцію, голубе? Ти сидиш під землею, п'яний, хворий, обдертий, з розбитим коліном, без грошей, без авіаквитка, ти не знаєш, як звідси вибратися і чи взагалі звідси можна якось вибратися, ти на межі буття й небуття, фон Ф., і це не жарти, але ти, замість того, щоби потроху призвичаювати себе до найгіршого й налаштовуватись на визволительку смерть, починаєш ні сіло ні впало призвичаювати себе до найкращого і налаштовуватись на Нобелівську премію. Гірко посміятися з тебе, блазня, та й вже!

Постривайте, друзі, не кваптеся надривати пуза від сміху. Один тут щойно пореготав собі досхочу. Знаєте, чим воно скінчилося. Тому не раджу. А що стосується безпідставних, як ви кажете, мрій про Нобелівську премію, то це лишень так, для самозбадьоріння. Адже її присуджують тільки живим. Тому, щоб вижити, мушу про неї думати. Бо мертві отримують якусь іншу премію — від Бога. Мертві сорому не мають. Мертвим те все до одного місця. Мертвим не болить. Мертві бджоли не гудуть. А я ще хочу гудіти, мої любі, мої золоті.

Що ж, коханий фон Ф., ти досить переконливо, як на твою п'яну голову, виклав свої напівусвідомлені поривання. Цікаво буде поспостерігати за тобою далі. Бітте, зетцен зі форт, майн шатц!

Спробую, шановні мої внутрішні голоси. Помислимо тепер з точки зору метрополітену. Він завжди приваблював мене своєю дикою апокаліптичністю. У таких вагонах я возив би грішників до пекла. Усе — починаючи від пропускних турнікетів, що жахають своїм металевим автоматизмом, від нескінченних есхатологічних ескалаторів із зафіксованими постатями кататоніків або вічно утікаючими силуетами параноїків, до самих підземних потягів, що вириваються звідкілясь із темряви, лячно гальмують на станціях з бандитськими іменами, щоб за пів хвилини знову рвонути кудись у ніч, защемивши дверима чиїсь невезучі руки, задниці, голови.

Так от, метрополітен теж має бути десь поблизу. За всіма моїми припущеннями, я перебуваю поміж станціями «Дзержинськая» та «Проспект Маркса» (ну й, до речі, компанійка! Але що поробиш — пастка тоталітарного минулого, тут майже всі вони такі). І будь-які з наступних дверей, що трапляться мені на шляху, можуть відчинитися просто на станцію метро. Або на колію. Цікаво, в якому співвідношенні за рівнями розташування перебувають у Москві метро та каналізація? Що від чого вище? Чи вони утворюють якесь єдине й неподільне ціле? Бо імперські архітектори полюбляли всілякі такі штучки. Кажуть, ніби тут є ціле відгалуження метро, що було призначене тільки для Сталіна. Їздив собі ним у м'якому пульманівському вагоні, а по обидва боки від колії були розташовані катівні зі скляними стінами. З вікна свого купе великий фантазер милувався тим, як чавили яйця його конкурентам в любові до ленінізму. Це таємне відгалуження метро не зображене на жодній з доступних простому людові схем. Усі вдають, ніби його й немає.

Признайся щиро, фон Ф., оце ти щойно сам усе вигадав! Колія метро, якою возили Сталіна! Катівні з прозорими стінами! А бананових плантацій для верхівки чека не було? А гаремів з дванадцятилітніми наложницями для трухлявої кремлівської еліти? Басейнів, гаражів, ресторанів, аеродромів? Соснових лісів для прогулянок на фінських лижах? Акваріумів з дельфінами й крокодилами для сердечної втіхи старенького воєначальників? Не було?

Усе було, друзі. Імперія могла все. Тут панує аура чогось секретного, забороненого. Тут поховано мільйони злочинів. Усі ці занедбані коридори мають велике стратегічне значення. У них виковувались найгучніші перемоги. Це катакомби, з яких імперія вийшла і в які вона повернеться, коли стемніє. Тому тут повинні бути цілі міста, а не тільки гареми чи катівні. Сховища для незліченних партійних внесків. Можливо, якщо потягнути за он той огризок дроту, відкриється печера з діамантами для диктатури пролетаріату. Або несподівано злетить у повітря, ну, наприклад, яке-небудь місто Маастріхт. Бо імперія могла все. Та й зараз може.

От ви з мене лахаєте, глузуєте, а я щойно надибав якісь броньовані двері, котрі відхилилися самі собою. Тоді я ступив двадцять сходинок униз і знайшов там іще одні двері — удвічі масивніші, з якимось аж біблійним написом: «ПРЕЖДЕ, ЧЕМ ОТКРЫТЬ ДАННУЮ ДВЕРЬ, — УБЕДИСЬ, ЧТО ЗАКРЫТА ДВЕРЬ ПРЕДЫДУЩАЯ!!!» Отож я, долаючи біль у коліні, знову мусив шкутильгати двадцятьма сходинками вгору, аби пересвідчитися. Двері були відчинені. Полегшено зітхнувши, я знову сповз униз і наліг на оті монументальні, нижні, з написом.

Переді мною лежав тунель. Справжній тунель метро, з рейками та поодинокими ліхтариками. І я зраділо стрибнув у нього, втішений тим, що все-таки спромігся знайти вихід із проклятущої пастки. Але бідне моє коліно тої ж миті дало знати про себе тисячею колючих голок, до того ж, отямившися вже на рейках, я зрозумів, що споров несосвітенну дурницю.

Бо ти таки дурень, фон Ф., хоч і вельми талановитий поет. От уяви собі, що зараз на найближчу від тебе станцію прибуває стрімкий метрополітенівський поїзд. Двері вагонів хижо відчиняються. Педерастичний голос магнітофонного запису повідомляє: «Станція “Зал(...)инская”. Обережно, двері зачиняються! Наступна станція — “Площа Бидлова”»! І двері справді зачиняються, і поїзд рушає, і набирає свою першу підземну швидкість, і, розтинаючи темряву тунелю двома надпотужними прожекторами, машиніст раптом бачить попереду, на рейках, якусь абсурдну шкутильгаючу постать з великою торбою в руці. «Що за й(...) твою мать?!» — тільки й встигає подумати машиніст, як від тебе, йолопе, вже залишаються самі розмазані по рейках кишки... А машиніст вирішує, що ти йому, певно, примарився з похмілля і, насвистуючи «несыпьмнесольнарану», успішно жене свою махину далі — до станції «Площа Бидлова». Подобається тобі така сцена, фон Ф.?

А як не подобається, то якого ж ти хріна стрибав сюди? Адже видертися з дна московського тунелю метро майже

неможливо. Залишається тобі єдиний непевний шанс: вірити в тимчасову затримку руху поїздів у зв'язку з п'ятихвилинним попереджувальним страйком і бігти, бігти, що є сили гнати, викинувши к бісовій мамі з голови болюче коліно, дертися до наступної станції, хоч би як вона там називалася. Щоб устигнути до освітленого й людного перону, перш ніж пронесеться по твоїх ребрах безжальна колісниця прогресу (хе-хе, сильно сказано?!). І, якщо це тобі вдасться, у що ми не віримо, то, можливо, там, на станції, якісь добряки витягнуть тебе, відходять нашатирним спиртом, уклавши на прохолодний цемент під мармурову колону, і викличуть постового мусора Голосраченка, і той забере тебе, приміром, до витверезника, де буде холодна вода, де буде багато ні в чому не винних мужчин і де на запитання «місце роботи» ти зможеш відповісти хіба що «канцелярія пана Бога»...

І ти налягаєш на ноги, фон Ф., починаєш бігти, хоча щомиті тобі здається, ніби чуєш фатальний гуркіт за спиною або що вже сліплять тебе убивчі зустрічні прожектори, тому стомлені твої ноги аж підкошуються. Лайф ін зе фест лайн, як кажуть наші братове американці. Біг заради життя. Якщо це немічне перевалювання можна назвати бігом. Якщо це гидотне мерзенне існування можна назвати життям. А правильніше буде сказати так: немічне засапане перевалювання заради гидотного мерзенного існування.

Тож коли ти зненацька чуєш сухе, мов постріл, «Стой! Руки вверх!» і зупиняєшся, піднявши над головою обидві руки, а з ними й торбу, то навіть відчуваєш чимале полегшення...

Ось вони стоять на рейках перед тобою і обмацують тебе, ріжуть тебе ліхтарями. Їх мало, їх, можливо, тільки п'ятеро. Але що вдається тобі помітити крізь безжальне світло — це їхню надзвичайну, позбавлену здорового глузду озброєність. Бо в кожного при собі як не вогнемет чи ручний кулемет, під яким десять років тому ти сам угинався на маршах у леґендарній цариці-піхоті, то принаймні пара безвідмовних акаесів, начинених жахними кулями зі зміщеним центром ваги. Про страшенну кількість ножів, які випинаються з усіх можливих кишень їхніх комбінезонів, тобі вже й згадувати не хочеться. А існують же в цих кишенях ще й гранати, динамітні шашки та інша, новочасніша і прецікава вибухівка, назви якої ти вже щасливо позабував!

— Хто такий? — запитав один із них, у той час як інший, бородатий, обшукує тебе і, знайшовши в торбезі заснулого сома, довго до нього принюхується.

— Прізвище моє Кропива, але тато писалися Підопригора, — чемно відповідаєш за старою витверезниківською звичкою.

Бійці вибухають досить нищівним сміхом. За винятком того, котрий ставив питання, певно, старшого, бо він люто зиркає то на них, то на тебе.

— Во, б(...), нажрался! — чуєш від одного з них крилату фразу, що її вже десь і колись чув сьогодні.

— Як потрапили в зону урядового метро? — наливається жорсткістю старший.

— Як я сюди потрапив? — замислено повторюєш і на хвильку зосереджуєшся. — А як я взагалі потрапив у цей світ? Як потрапляє сюди кожен з нас? Адже в безмежжі космічного небуття всі ми являємо собою дивовижний приклад торжества випадковості. Людство — це випадковість. Цивілізація — випадковість. Хоча, з іншого боку, на все є Божественне Провидіння, друзі. І йому забаглося, щоб я нині складався з чотирьох основних рівнів. Вимкніть, я прошу, хоч одненьку лампу, бо почуваюся, ніби в ґестапо. Очам болить. Дякую! Найперший рівень моєї нинішньої духовності — це пиво, випите на Фонвізіна. Там же випите і червоне вино становить другий, багато в чому визначальний, рівень...

Понад самісінькою твоєю головою щось свиснуло — певно, куля.

— Я спрашиваю, как ти попал в охраняємую зону? — нетерпеливиться старший.

— Про це питайте в тих, хто її охороняє, — знизуєш плечима із простодушністю якого-небудь Омелька з водевілів просвітянського періоду. — А я розповідаю вам про значно важливіші й цікавіші моменти. До речі, згадав! Не чотири, а цілих п'ять рівнів становлять нині мене! Бо над червоним вином залягає ще самогонка, випита знову ж таки на Фонвізіна!..

— Риба какая-то дохлая, таріш капітан, — доповідає результати обшуку бородатий.

— Так, — дещо спокійнішає таріш капітан. — Я затримую вас. Для виясненія обстоятєльств. Руки можете опустити.

— Дай вам, Боже, здоров'я, — дякуєш. — А ви взагалі хто будете?

— Капітан Шелудьков, камандір загону по винищенню щурів імені Фарабундо Марті, — підносить він долоню до свого берета. Честь віддає, чи що?

— О, то це ви! — радієш такій непересічній зустрічі, але не встигаєш як слід натішитися, бо той самий бородань зав'язує тобі очі світлонепроникною хусткою і тоді штовхає тебе у спину чимось дуже твердим і неприємним.

— Вперьод, — каже.

І тобі залишається тільки виконати це розпорядження. Відчуваєш, як вони беруть тебе досередини, хоча про яку там утечу можна мріяти у твоєму становищі, але ти зусібіч оточений щуроловами-інтернаціоналістами, і ви йдете спершу тунелем, отим мертвим таємним відгалуженням, по якому нині не мчать потяги метро, потім кудись повертаєте, здається, в якусь браму, потім ідете сходами вниз — знову вниз! — потім хтось із них набирає якісь цифри на щиті блокування, і якась стіна, мурована ще невільниками Івана III, розсувається, але ти можеш лише здогадуватися про все це: про рухомі стіни, написи старослов'янською в'яззю «ПОСТОРОННИМ ВХОД ВОСПРЕЩЕН». І збоку виглядає все це, вочевидь, надто кумедно: ватага переозброєних диваків у тяжких, майже хокейних, обладунках під плямистими комбінезонами пильно й невсипно веде кульгавого обдертого п'яничку з величезною й, коли не брати до уваги сома, порожньою торбою в руці. Але якщо зважити на факт, що за японським літочисленням ти, фон Ф., — самий що не є Щур, то відразу вимальовується абсолютний сенс усього. Щуролови піймали щура. Слава щуроловам, щурові ганьба!

Бо справа в тім, що ось уже протягом року Москвою повзуть чутки, підкріплені жовтою і не лише червоною пресою, ніби в нетрях метрополітену завелися велетенські, з добру вівчарку завбільшки, щури. Вони безжальні та знавіснілі, все живе моментально роздирають у клоччя, позаяк товщина їхніх різців сягає одного сантиметра! Вони ненаситні у пожиранні й копуляції. Наділені сатанинською хитрістю та здатністю орієнтуватися в лабіринтах метро, ці породження екологічних катаклізмів, ці мутанти Антихриста, ці апокаліптичні почвари, або — що гірше — штучно виведені в заокеанських лабораторіях і закинуті в наші підземелля бестії фактично робляться господарями московських надр. Раніше вони давали знати про себе лише вночі. Зараз почали з'являтися навіть удень, причому на досить людних станціях, як наприклад, «Барикадная», сіючи там паніку і смертельний переляк, а на станції «Бєговая» вони навіть були на деякий час захопили ескалатор і тримали його під своїм контролем. Відтіснити їх у глибину тунелю вдалося тільки за допомогою потужних лазерних установок, що ними свого часу був зупинений і навальний наступ хунвейбінів на радянсько-китайському кордоні. Поїзди метро тепер часто й непередбачено змушені гальмувати посеред перегону. А пояснення цьому просте: кількість щурів зростає і їхні скупчення на рейках робляться такими густими, що колеса просто грузнуть у розчавлених щуриних тілах. Ці жертви з боку щурів, однак, не здаються вічними: мерзенні тварюки дедалі краще пристосовуються до ситуації. Ними вже загризено кілька машиністів, а ще кілька доведено до божевілля, і тепер їх ізольовано від суспільства у клітках і казематах психіатричного інституту імені академіка Снєжневського. Проте ці факти зберігаються в найсуворішій таємниці, за розголошення якої відповідного функціонера карають вірною смертю, — довічним засланням у московське підземелля. Родинам покійних і збожеволілих було повідомлено, що бідолахи пропали безвісти, випадково переплутавши колії й заїхавши у нікому не знані тупики.

Від певного часу все, що пов'язане з метрополітенівськими щурами, оповите надзвичайною службовою секретністю. У московському кагебе створений спеціальний підвідділ з кількома лабораторіями. Ведуться якісь досліди за участю найкращих науковців, екстрасенсів і тибетських ченців. Сформовано добровільні боївки з колишніх афганців, які ночами прочісують підземну Москву і безжально шматують розривними кулями будь-кого, хто трапляється їм на шляху і бодай віддалено нагадує щура. Це міцні й самовіддані хлопці. І зараз вони кудись женуть тебе, фон Ф. І дякуй Богові, що вони із самого початку не вшпарили по тобі кількома чергами, аби потім, скрушно похиливши голови, трошки зажуритися.

Вони йдуть мовчки, зусібіч тебе оточивши, а ти все намагаєшся їх розговорити.

— Гей, хлопці, — кажеш, — я завжди подивляв вашій сміливості та жертовності. Ви єдині, ким може по-справжньому пишатися це наскрізь розкладене суспільство. Крім членів політбюро, звичайно. Хоча, з іншого боку, якщо ти не вмієш більше нічого, крім як пускати з носа бульки, а з автомата черги, якщо м'язи твої ще молоді, а мозкові звивини ще недостатньо звивисті, якщо в омоні вакансій немає у зв'язку з особливою престижністю цього гуманістичного підрозділу, то, мабуть, і справді залишається лізти під землю й ганяти щурів. Але все-таки я хотів би знати, що кажуть вам ваші кохані, подруги, ваші дружини та сестри, коли, відстрілявши тяжку нічну зміну, ви змиваєте із себе у ванні чорні згустки і клоччя налиплої шерсті? Або коли знаходять напомацки у ваших кишенях скручений, мов шпагат, відрубаний голий хвіст пів метрової довжини? Чи люблять вони вас так само, як і раніше? Чи віддають так самоpадісно весну свого тіла в коханні?.. — заохочений їхньою отупілою мовчанкою, продовжуєш: — Адже справи тут уже не так у щурах, як у потребі когось винищувати. Усе життя я доводив собі та іншим, які мене, правда, не розуміли, що світ цей занадто брутальний, аби можна було його змінити на краще за допомогою слів, але й занадто ніжний, аби щось у ньому змінити за допомогою куль. Тобто навпаки. Ну, ви самі розумієте. Появу в метрополітенівських надрах раніше не знаного науці — маю на увазі порівняльну біологію — різновиду щурів слід лишень вітати з точки зору буттєвого збагачення. Хоча сам по собі кожен окремо взятий щур, у тому числі і я, безперечно, втілює в собі якусь частку зла і виступає активним його... е-е... поборником. І все ж мені чомусь неймовірно шкода цих зухвалих, непокірних, цих неповторних, погодьтеся, створінь. Маю на увазі щурів як найвищу стадію еволюції. Хоча вас мені так само шкода. Бо ви, як і щури, винищувані вами, — чи не найостанніше з породжень імперії, її лебедина пісня. І саме тому у вашій війні не буде переможців і переможених, а будуть самі лише жертви...

Ти міг би ще з пів години розвивати цей свій безглуздий блазенський монолог, фон Ф., якби раптово й без попередження тебе кудись не заштовхнули, аж ти впав на тверду і зимну поверхню, здається, на голий цемент.

— Поп(...)і мнє тут єщо, Жан-Поль Сартр драний, — незлостиво буркнув юний капітан Шелудьков, здираючи з очей твоїх полуду.

Це була клітка. Досить, на щастя, простора клітка посеред тісного, задушливого й вогкого приміщення, освітленого настільки тьмяно, що це могло нагадати хіба що «дєжурний свєт» у нічній казармі. З трьох боків клітка була відокремлена від світу (хе-хе!) грубими ґратами. З четвертого боку, за твоєю спиною, була стіна із зачиненими дверима, за якими щось люто вовтузилося і скавчало, але ти ніяк не міг визначити, що саме.

— А взагалі, капітане, на якій такій підставі ви поводитеся зі мною, наче я котрийсь із ваших щурів? — згадав ти нарешті про засадничі права людини.

— Вас затримано в зоні урядового сполучення і зв'язку. Цього достатньо, — чітко пояснив той.

— Достатньо для чого? — поцікавився ти.

— Для всього, — пообіцяв капітан.

І наказав одному зі своїх орлів зачинити клітку ззовні. Бо там були ще одні двері, ґратовані. А сам пішов — вочевидь, кудись і комусь доповідати. З'ясовувати обставини.

— Імперія цікава тим, що деякі обставини в ній з'ясовуються по кількасот років. Потім усіх реабілітовують — і жертв, і катів, — але це вже не має ніякого значення, — кажеш ти і, позіхнувши, западаєш у дрімоту, притулившися спиною до холодних металевих дверей, об які щось кидається й шкребеться.

Можливо, через триста років археологи знайдуть твій скелет...

Однак із твого наміру років триста поспати не вийшло нічого. За якихось п'ять хвилин ти відчув на своєму плечі лагідну і важку руку.

— Якого ще хріна? — захрипло поцікавився ти, насилу піднімаючи свинцеві повіки.

Перед тобою вклонявся добродій з невизначеною зовнішністю, але в костюмі та при краватці, які не цілком гармоніювали з навколишньою ситуацією.

— Отто Вільгельмович? — з'ясував він.

Цього вистачило для тебе. Необхідності махати перед твоїм носом червоним посвідченням уже не було, хоч він усетаки дисципліновано помахав.

— Дуже тішуся нашою зустріччю, — всміхнувся.

— Радість людського спілкування, — сумно зітхнув ти.

— Ну, даремно ви так, — ще сердечніше завсміхався він. — Називайте мене надалі... е-е... Сашком.

— Не буду, — відрубав ти. — Все одно ніякий ви не Сашко.

— Усе це відносно, пане фон Ф., запевняю вас, — переконливо сказав він. — Яка різниця, як називається оце тлінне тіло? Головне — безсмертна душа. А вона не має земного імені, затісне для неї будь-яке з імен людських. Якоюсь мірою й ви не Артур... Та сидіть, сидіть...

Він мав куди більше підстав на те, аби сказати «лежіть, лежіть», але за старою службовою звичкою допустився неточності.

Сів посеред клітки на стілець, якого, певно, приніс сюди сам для себе.

— Я трохи покурю тут у вас, нічого? — ввічливо поцікавився.

— Почувайте себе як удома, — порадив ти.

Він щиро зареготався.

— Завжди цінував ваш тонкий, дещо недобрий, чорний гумор. Ці натяки, ці узагальнення, ці несподівані паралелі й метафори! От і зараз ви не просто вжили традиційний вислів «як удома» стосовно до — сміх казати — клітки. Мені здається, що таким чином ви насамперед висміяли всю нашу соціалістичну батьківщину. Чи не так, Вільгельмовичу? — він фанатично затягнувся димом.

— Звичайно, — кивнув головою ти. — Але це тільки між нами, — додав пошепки. — Більше нікому про це не кажіть.

— Ну, що ви! — «Сашко» знову розвеселився. — Це є цілком нормальна думка. Я шаную добру сатиру! Ви ж знаєте, що в нас тепер вільне виявлення сатиричних думок. Як кажуть, демократія — прекрасна річ, але нічого гіршого людство вигадати не могло. Так що криміналу у ваших словах немає анітрохи. Інша справа — якби ви задумали насильницьке повалення існуючого державного ладу...

— Неіснуючого, — виправив ти його.

Він з розумінням закивав головою.

— Ситуація з нашим державним ладом і справді складна, тож я поділяю вашу стурбованість. — Сигарета, здається, була досить вогкою, бо раз у раз гаснула, і йому доводилося знову й знову лізти до кишені штанів по сірники. — Але справа не виглядає цілком безнадійно. Усі наші плани пов'язуємо зі згуртуванням здорових патріотичних сил, котрі поки що діяли назагал розрізнено. Курва мама, вже скоро тиждень, як гнию під землею, аж сигарети відсиріли!

— І що ви тут робите? — знехотя запитав ти.

— Ми й самі не знаємо, — довірливо пояснив «Сашко». — Якась глобальна подія, хтось із кимось тут зустрічається. А ми, так би мовити, на посту. Принагідно отримали інформацію про ваше затримання. Вирішили трохи розважити старого знайомого. До речі, як вам моя українська?

— Бажає гіршого, — зауважив ти. — Надто правильна, і це відразу робить очевидною вашу професію...

— Десять років у цій засраній Москві, а рідної мови не забув, — похвалився «Сашко». — Очолюю в нашому комітеті первинний осередок товариства української мови. До речі, вірша недавно написав!.. Як я міг забути?

Він поліз рукою до тієї ж кишені у штанах і видобув з неї якийсь затертий клаптик паперу.

— Послухайте, Вільгельмовичу. Це такий філософський вірш, під класичних японців зроблений:

На жовтих лініях осіннього листка
Читаю вірш
Про перші бруньки весен...

— Ну, як вам? — схвильовано запитав, у черговий раз розкурюючи погаслу сигарету.

— Вторинно, — оцінив ти.

— А я хотів просити вас, щоб ви посприяли його опублікувати, — розчаровано зізнався «Сашко». — Я дуже хотів би надрукуватися. У журналі «Вітчизна» або «Київ»...

— Може, краще в «Лілеї-НВ»? — запитав ти.

— А ви посприяєте? — підморгнув «Сашко».

Ти скривився й замовк.

Він довго розкурював нову сигарету. Тоді задумливо процитував когось:

— О мово рідна, що без тебе я?

— Гівно, — відповів ти йому.

— Перепрошую? — не зрозумів «Сашко».

— Я мав на увазі, що без рідної мови жоден чекіст нікуди не годиться.

— От ви, називаючи мене чекістом, безперечно, хотіли якомога сильніше мене поранити, глибше образити, вказати мені на моє місце чи щось подібне, — зненацька посуворішав «Сашко». — Але ж не забувайте, благаю вас, про те, що ви затримані у зоні урядового зв'язку, а це можна розцінити як тероризм і спробу насильницького повалення. До того ж, не далі як хвилину тому, ви назвали Москву «засраною», що цілком підпадає під статтю про розпалювання міжнаціональної ворожнечі...

— Овва! — дещо збентежився ти. — Наскільки пригадую, це саме ви назвали Москву «засраною», і я, хоч до деякої міри поділяю таке ваше означення, проте не можу нести відповідальності за сказане вами... Втім, усі ми — тільки відголоски великого Світового Дзвону, і жодне наше слово не народжується само собою. Хто це там, до речі, постійно тлумиться за стіною?

— Тішуся, Вільгельмовичу, що ви нарешті поставили це питання. І з особливою радістю сповіщаю: за стіною перебувають двоє захоплених нами піддослідних щурів. Це елітні представники отих підземних чудовиськ, про яких останнім часом стільки всюди розмов. Вони вже скоро тиждень, як не годовані, і закінчитись це повинно тим, що один із них зжере іншого. Так що подумайте...

— Відчуваючи деяку тінь погрози у вашому повідомленні, — почав ти, — смію припустити, що дослід над зголоднілими щурами можна розширити, поповнивши число його учасників одним поетом. І, хоч нуртує в мені недоброї пам'яті «крєпкій віноградний напіток», то все ж хочу спитатися: що від мене вимагається цього разу?

— А зовсім нічого, — сліпучо всміхнувся «Сашко», затоптуючи в підлогу нарешті докуреного недокурка. — Нічого ми від вас не хочемо, Вільгельмовичу. Вже не хочемо нічого. Ви ж, напевно, сподіваєтеся, що ми вас поставимо перед вибором, перед моральним рішенням, і ви зробите свій вибір, і загинете смертю хоробрих! Ні, коханий! Жодного вибору! І жодної вічності для вас. Бо чим ви можете нам знадобитися? От хіба лише дослід над вами поставити, невідомий скелете...

— Пограйте-но краще на моїй флейті! — заявив ти, водночас почувши тремке перебігання драгунського полку мурашок по спині.

— Розумію, що ви маєте на увазі під флейтою, однак не ображаюся, — закурив «Сашко» нову сигарету, котра відразу й погасла. — І все ж погодьтеся, що таким чином ми виконаємо з вами необхідну світові санітарну функцію. Бо немає жодного сенсу в існуванні на світі такого непотреба, як ви.

— Це вам так здається, що немає! — ображено буркнув ти.

— Немає, Вільгельмовичу, запевняю вас, що немає! Існування це не виправдане із жодної точки зору: ані з теологічної, ані з телеологічної, ані з екологічної, ані з громадянсько-патріотичної. Візьмімо, для прикладу, день ваш сьогоднішній, день ваш суботній. Почався він властиво з того, що в гуртожитській душовій ви провели незаконний статевий акт з громадянкою Малагасійської республіки Татнакетеа. Бідна дівчина і досі вважає, що то на неї зійшов Ананмаалхоа — дух плодючості, овочівництва та дітородності. Потім ви цинічно пиячили на вулиці Фонвізіна, де виголосили націоналістичну расистську промову, в якій закликали, блюзнірствуючи, проливати кров в ім'я чистоти пива. Потім ви вчинили розбійний напад на помешкання Галини К., співробітниці підпорядкованого нам Інституту отрут і нетрадиційних способів умертвіння...

— Галя, — ледь чутно прошепотів ти, геть уражений.

— Так, Галя, — підтвердив «Сашко». — Жінка, що готова була на все заради вас. Ви, однак, діяли, як завжди, позрадницьки. Це ваш стиль, фон Ф. Одних жінок зраджувати з іншими, а тих інших — ще з іншими і так далі. Так само було й сьогодні. У випадку з Галиною К. вас більше приваблювала гаряча ванна. Ви жорстоко розправилися з нещасною жінкою, до речі, росіянкою за національністю, і це я розцінюю як прояв українського націоналізму, так само, як проявом расизму вважаю ранкове зґвалтування вами малагасійської поетеси Татнакетеа...

— Їй було приємно, — спробував ти зупинити цей потік.

— Приємно? — «Сашко» знову прещиро зареготався. — Чорнота вашого гумору не знає меж, Вільгельмовичу. Нічого, скоро вам також буде приємно. Чуєте, як розпалюються ваші сусіди щури в очікуванні суботньої вечері? Однак продовжимо перелік ваших найновіших подвигів. Цей чорний перелік потроху робиться справжнім мартирологом. Від закликів і промов ви перейшли до дій. Бо, крім усього іншого, ви є прямим співучасником терористичного акту в «Закусочній» на розі Нового і Старого Арбату. Внаслідок ваших злодіянь, що призвели до вибуху поки що невідомого нам походження...

— Граната Ф-1, — пояснив ти.

— ... дякую, отже, внаслідок ваших дій загинули представники всіх націй та народностей Радянського Союзу.

— Далі, — простогнав ти.

— Прошу дуже! Протягом дня ви кілька разів телефонували до такого собі Кирила Ст., що відомий нам як пробандерівський діяч, близький до рухівсько-гетьмансько-мельниківських кіл, котрий зараз намагається заснувати в Москві підривну газетку. Але й тут ви поводилися розтлінно, фон Ф. Бо так і не спромоглися прийти на зустріч зі згаданим Кирилом. Натомість, пустивши слинку при спогаді про форму ніг Кирилової співмешканки, ви спробували спокусити її, викликаючи на побачення біля магазину «Дитячий світ».

— Я не призначав їй побачення, — гірко скривився ти. — Ваші підслуховуючі системи мають підозрілу здатність перекручувати і прибріхувати.

— Це мало що змінює у вашому вкрай непривабливому моральному обличчі, фон Ф., у вашій, даруйте відвертість, аморальній морді. Але за інформацію дякую — обов'язково випишу пістонів кому слід з підвідділу прослуховування — зауважте, прослуховування, а не під-, як ви оце щойно назвали, — уже не вперше з'ясовується, що вони додають від себе всіляку романтичну херню. Певно, белетрист якийсь там завівся на зразок вас, Вільгельмовичу!

— Продовжуйте і не відходьте від сюжету, — попросив ти.

— Сюжет вам відомий краще, ніж мені, — пирхнув «Сашко», нестерпно довго розкурюючи нову сигарету. — З метою проведення наступного терористичного акту, тепер уже в зоні урядового зв'язку, ви спустилися в допоміжні приміщення «Дитячого світу». Тут жертвою вашої злочинної бездіяльності стала ще одна чудова людина, — голос «Сашка» ледь затремтів, — батько двадцяти двох дітей, багатолітній наш помічник, аґент для особливо делікатних доручень «Циганський Барон».

— Це той, що втопився у гівні?

— Той самий. Президент уже підписав указ про присвоєння йому звання Героя Радянського Союзу посмертно, — дещо врочистішим тоном виголосив «Сашко».

— У такому разі хай ваш президент потурбується і про повернення мого авіаквитка, — злісно пожартував ти.

— А хто поверне діточкам їхнього татка? — суворо запитав «Сашко». — Ні, фон Ф., не знадобиться тобі вже авіаквиток!

І не сподівайся!.. Ми вміємо карати!.. Ми тебе навіть у Мексіці знайшли б...

— У Мексиці, — виправив ти його.

— Що?

— За новим правописом має бути «у Мексиці»...

— Та один хрін — хоч у Мексіці, хоч у Мексиці, — однаково тобі гаплик! Днями підписано особливу таємну інструкцію — кажу це тобі як такому, що все одно нікому вже про це не розпатякає, — так от, таємну інструкцію про використання щурів нової ґенерації при розгонах несанкціонованих зборищ, а також під час надзвичайного і військового станів. Сьогодні врешті отримано дозвіл Комітету конституційного нагляду на проведення дослідницько-експериментальних робіт. Ти будеш першим, фон Ф.! Можеш пишатися. Аґентам «Каїнові», «Вельзевулу» та «Жиріновському» буде оголошено подяку. Аґент «Циганський Барон», як я вже сказав, буде відзначений окремо. Зараз, мої хороші, зараз! — ласкаво зашелестів він, звертаючись до чогось великого й волохатого, що дедалі нетерплячіше скавучало за стіною.

— Єдине, в чому я помилився, — стомленим голосом почав ти, — це те, що повірив у можливість свободи. Однак свобода виглядає ілюзорно, як вдало відзначив в одному зі своїх віршів Андрухович!.. А жаль...

Звідкілясь напливала самотня скрипка. Її робилось дедалі більше, вона створювала якесь нелогічне й пронизливе тло, вона розпадалася на інші звуки, інші інструменти — і невдовзі то вже був оркестр, що вибухав, здається, з-над стелі, можливо, там угорі був театр, якийсь особливий підземний театр або звичайний Большой, в якому щойно розпочалася вистава. Музика робила все значно вагомішим і глибшим. Ти відчув, що треба сказати щось вічне.

— Проклинаю імперію, — вимовив ти з інтонаціями східного пророка.

— Ти?! Що служив їй вірою та правдою? — і «Сашко» сардонічно зареготався, а може, й закашлявся від надто вогкої сигарети.

Величні і водночас розгнівані переливи тромбонів та валторн змусили тебе відповісти палко й сердито:

— Я не служив їй вірою та правдою! І я не винен зовсім, аніскільки! Бо жоден із гріхів жахних імперських не вліз у душу, к тілу не прилип!

«Сашко», що в цю мить зірвався зі стільця і рвучко заходив по клітці, мов підстрелений лев, заатакував тебе не менш пристрасним речитативом:

— Не винен? Дуже зручно ти це вигадав! Перед самим собою тільки винен?! Мовляв, мої гріхи — мої турботи?.. Це ти, що тільки зраджувати вмів? Це ти, що підписав папір про зраду?! — Над головою в нього щось висвітилося. Це міг бути й німб. — А як же ті порубані, побиті і ті, котрі у вічній мерзлоті — десятки, сотні і мільйони тисяч?! Ти підписав колись — і душу вбив!..

Його слова то потопали, то виринали з бурхливого музичного моря. Партія смичкових робилась дедалі нервознішою й вимогливішою. На щастя, звідкілясь із надр композиторового задуму видерся самотній у своєму всепрощенні гобой. Це дало тобі змогу звестися духом:

— Я рятував життя — чуже, єдине, але дорожче, врешті, від отих абстрактних міліонів, сотень тисяч...

— Ти? Рятував? Життя? Чуже? — і знову він демонічно, люто засміявся, оркестр знову вдарив невблаганно, затих гобой, натомість грім литаврів і барабанів перекрив усе. — Ти здатний рятувати лиш себе! Ти рятував себе завжди і всюди! Але й себе ти нині не вряту-у-у-єш! — останню фразу було досить вдало вписано у музичне тло і проспівано напрочуд соковитим тенором.

— Ну, що ж, — зітхнув ти, — так тому і бути. Я це життя любив — з усім паскудством, — хоч це паскудство й мучило мене. Однак не вб'єте ви мене цілком — я залишив слова, слова, слова... Слова, слова, слова... Щури безсилі — прогризти діри у моїх словах, — вони летять за вітром, як листки, — нехай летять же — хтось колись почує. Всього мене не знищить вам цілком — я в серці маю те, що не вмирає!..

Темп оркестру наростав. Це було якесь суцільне «алеґро нон мольто», «престо фуріозо» чи щось подібне. «Сашко» вже не встигав за музичними фразами, рубаними й рішучими. Тож устигав тільки перепитувати:

— Ти залишив слова, слова, слова?

— Я залишив слова, слова, слова!

— Тебе всього не знищить нам цілком?

— Всього мене цілком не знищить вам!

— Ти в серці маєш те, що не вмирає?

— Я в серці маю те, що не вмирає!

Власне кажучи, цей заключний дует вийшов досить злагодженим і мелодійним. Твій зірваний захриплий фальцет вдало переплітався із солов'їним «Сашковим» тенором. Якийсь час іще лунав оркестр, завершуючи всю сцену потужною і трагічною, та все-таки, в чомусь найсуттєвішому, оптимістичною кодою. Нарешті все замовкло. І замість бурхливих оплесків глядацького залу ти почув чимраз аґресивніше харчання й повискування з-за спини. Здавалося, що ув'язнені почвари шкребуться вже не у двері, а безпосередньо у твій светр.

— Отож-то, — кивнув головою на зачинені двері дещо засапаний «Сашко» і, діставши носовичок, повитирав з чола ріденькі краплини поту. Всього себе віддав музиці... — Тепер готуйтеся, фон Ф., — покивав пальцем. — А проте, перш ніж перейдете у стан неперетравлених решток, маєте нагоду покращити свій гріховний баланс. Вас чекає, як кажуть німці, айне юберрашунґ!

— У умляут, — виправив ти його.

— Один хрін, — сказав «Сашко» і, взявши стільця з інвентарним номером на ніжці, вийшов із клітки.

Клітку він зачинив на ключ.

Уся ця стихійна забава зі щурами, кліткою, розпухлим коліном і оперовим чекістом здалася тобі чимось украй дурнуватим і зовсім неправдоподібним. Незважаючи на те, що задня стіна вже аж тріщала і ходором ходила від знавіснілої нетерплячки зачинених за нею чудовиськ, ти поки що не надто хотів вірити у страшну перспективу. Випите за день, вочевидь, і далі робило своє, тож ти вирішив усе-таки поспати і навіть замовив для себе у відповідній небесній канцелярії сновидіння про Венецію. Але, навіть не встигнувши доплисти водним трамвайчиком від Тронкетто до площі Св. Марка, був розбуджений чиєюсь новою появою у твоїй клітці.

А то була Галя. Вона приклала свій палець тобі до вуст, і ти, за старою любовною звичкою, почав пестити його. І раптом відсахнувся, як від гадюки, згадавши, що вона — їхня спільниця. Але Галя випередила твої можливі докори. — Мене викликали за службовим обов'язком, — пояснила. — Я повинна зробити тобі кілька уколів...

— Навіщо, Галю?

— Для чистоти експерименту.

— Для якої чистоти — моральної?

— Перестань хоч зараз, — тихо сказала, проте в голосі її не було ані краплини злості. — Знімай штани.

— Я хотів би померти з гідністю, Галино.

— Ніхто не претендує на твою гідність. Але штани треба зняти.

На ній був якийсь вельми офіційний костюм, щось на кшталт жіночої уніформи, хоча досить обтислої, з виразно коротенькою спідничкою. Трохи пахла горілкою, проте загалом трималася незле. Незважаючи навіть на дещо підпухлу вилицю.

— Розумієш, Галю, я хотів би померти без галасу і спотвореного обличчя, крім того, я не хотів би у передсмертній агонії накласти в штани...

— Отож і скидай їх, — наполегливо повторила вона.

— Ти можеш зробити так, щоб я помер красиво і з геройською піною, е-е, піснею на вустах? — запитав ти, слухняно розстібаючи перший ґудзик. — І взагалі, поясни мені суть експерименту. Маю я право бодай на це? Що за дива діються у цих ваших підземеллях! Спочатку мені повідомляють, що запакують до голодних щурів. Потім я дізнаюся, що мене колотимуть у дупу задля чистоти експерименту. І все це є нічим іншим, як приготуваннями відповідних структур до повсюдного запровадження військового стану!..

Вона відклала набік свою торбинку зі шприцами. І знову палець її ліг тобі на вуста.

— Мовчи, — сказала зовсім тихо.

— Не можу мовчати! — тріпнувся ти, але відчув, що інша її рука вже розстібає на тобі дальші ґудзики.

Вона була чудодійна, ця її рука. Ти аж завмер від приголомшення, а вона прийшла до тебе, як стара знайома, і досить легко потрапила куди прагнула. Це була музична, віртуозна рука. Вона робила тебе сильним. Вона давала тобі надію.

Ти швидше відчув, аніж побачив, як Галя скинула жакет і сорочку. Вона повзла по тобі, немов королева змій. Ти весь оповився її тілом, ти поринув у нього, як у хвилю, розкошуючи в запаморочливо-збудливому її сичанні. Її губи мандрували тобою, наче лісом. Вони побували всюди. Але рука! Продовжувала робити свою справу, аж ти зімкнув очі, аж задихав тяжче, уривчастіше.

— Мовчи, — сичала королева змій.

Занурювалася в тебе все глибше і глибше. Пахла горілкою, пахла дощем і травою. Ти зоставався нерухомим і водночас уже плив кудись. Так, то були хвилі. Нарешті рука, ота її рука вже випірнула з глибин і, наче сліпуча птаха, перелетівши твоїми грудьми, заночувала у волоссі. Аж тоді ти згадав, що також маєш руки. І вони почали свою подорож. Це було змагання рук — твоїх, ще недолугих і таких неслухняних, та її чудотворних, теплих і щедрих. Вона допомагала тобі кожним своїм рухом, вона текла назустріч тобі, аж поки ви удвох не звільнили її від зайвого одягу.

— Я збожеволію від тебе, — прошепотів ти.

— Мовчи, — повторила вона.

Слова могли тільки нашкодити. Для них не було місця. Вони були геть недоречними. Вони нічого не означали. А слова мусять щось означати.

Нарешті вона тихенько скрикнула. Це був ще тільки початок, але ти вже бачив пітьму, прошиту блискавицями. І тому вона робила все, аби ти витримав. Вона любила кожну найменшу частинку тебе, вона майже співала про це своїм ненастанним «мовчи, мовчи», і вже важко було здогадатися, хто ким жертвує, — так самовіддано приносила вона все, що могла. І ти побачив ясну дорогу невідомого палючого дня, ти відчув спеку, відчув, що танеш, зіходиш чимось ніжним і білим, ти зробив останнє зусилля і вкрився білим цвітом, наче райський кущ, і врешті потонув у такому невимовному морі ніжності, глибше за яке вже немає нічого, нічого, нічого...

— Я принесла тобі плащ, — мовила вона за хвилину, вже майже одягнута. — Я випрала і висушила його.

Подала тобі сіруватий згорток, видобутий звідкись із напівтемряви.

— Дякую, але для чого він мені? — кисло всміхнувся ти. — Хочеш, аби ті паскуди розшматували його своїми страшними різцями?

Вона присіла поруч із тобою й закурила.

— Розкажи мені все-таки, в чому справа? Що за експерименти ви тут провадите? Чому саме ти? Чому ти з ними?

— Я не винна. Я хотіла займатися своєю наукою. Зміями, отрутами. Вони надали мені таку можливість.

— Чи є в мене хоч якісь шанси? Чи зможу я чинити щурам належний опір?

— Для чистоти експерименту я повинна була ввести тобі деякі речовини. Вони паралізують. За неповних двадцять хвилин після уколу перетворюєшся на рослину. Йдеться, власне, вже не про тебе, а про те, чи подіють речовини в подальшому на щурів. Адже вони — так само живі істоти, підвладні певним біологічним законам. Розумієш, останнім часом режим усе менше надій покладає на військо. На міліцію, зрештою, теж. У випадку загострень і силових зіткнень він може жорстоко прорахуватися. Велетенські щури, запущені на демонстрантів, це щось надійніше, правда ж?..

— І ти береш участь у цьому злочині?

— Ми щодня беремо участь у якомусь злочині, коханий. Самі того не розуміючи. Але в цьому, про який ти кажеш, я поки що не задіяна.

— Ти не будеш мене колоти, мила? Дай мені можливість загинути не рослиною. Я копатиму їх ногами, поки зможу. Зрештою, в мене пошкоджене коліно, але я хотів би триматися до останнього... До речі, я не надто боляче вдарив тебе сьогодні?

— Пусте. То я була в усьому винна. Я перша почала. Ти тільки захищався.

— Вибач, якщо я приніс тобі страждання.

— Я дуже не хотіла, щоб ти йшов. Але тепер це вже не має значення. Тобі хоч іноді, хоч трохи було добре зі мною?

— Мені було фантастично.

— Мені теж.

— Дякую, мила. Ти моє останнє велике кохання.

— Тобі так тільки здається. За кілька хвилин ти зовсім забудеш про мене.

— За кілька хвилин я забуду не тільки про тебе. А втім, що я говорю? Хіба це тіло, яке зараз буде пошматоване, — це справжній я? Ні, справжній я тебе не забуду. Я мав можливість переконатися в тому, що мертві не забувають живих.

— Ти дуже забобонний! Українці всі такі забобонні? Знаєш, коли я була маленькою, то також вірила у щось подібне. У те, що духи померлих залишаються біля нас, уночі кружляють довкола наших ліжок і п'ють молоко на кухнях... Але мій чоловік помер і ніколи більше не приходив до мене...

— Ти мала чоловіка? Але ж ти не розповідала мені про нього! Чому він помер?

— Ах, дурна необережність у поводженні з гадюками!.. Він любив п'яним заходити до серпентарію...

— Він багато пив?

— Як вуж. Власне, був хронічним алкоголіком. Хоч і дуже любив мене. Але квасити любив ще більше. Кілька разів намагався мене зарізати. Це йому так не минулося.

— Ніщо просто так не минається. Я хочу підбити деякі підсумки, Галю. Моє життя виявилося не таким уже й довгим, як пророкували мандрівні цигани і вчені астрологи, але, що прикріше, не таким уже й блискучим. Я намагався не мати ворогів і подобатися всім без винятку, пам'ятаючи, що єдиний мій найлютіший ворог — це я сам. Але подобатися всім без винятку виявилося неможливим. Ніхто не схотів запідозрити мене у добрих намірах. Настільки вони всі були між собою розсварені. Тому будь-яка моя спроба віднайти гармонію завершувалася тим, що мене гнали. Більше того, я побачив, що цей світ тримається на ненависті. Вона його єдина рушійна сила. І я хотів утікати від неї. Хотів здійснити навколосвітню подорож, але мені не вистачило грошей навіть для того, аби доїхати кораблем до Венеції. Тому я задовольнився снами, коханнями і міцними напоями. Бо пияцтво — також різновид подорожі! Це подорож по звільнених півкулях свідомості, а значить, і буття. Одного чудового дощового травневого дня, тобто сьогодні, будучи в дещо потьмареному стані, я за якимось бісом опинився в підземеллі. Проте, як щойно з'ясувалося, це була тільки ілюзія, наївна зашмаркана самоомана, коли я вважав, буцімто дію цілком самостійно, за своїм власним незалежним планом. Насправді мене сюди привели. Як підданий імперії, власник її пашпорта і учасник багатьох референдумів, я виявився кулею певного цікавого більярду. Тепер залишилося востаннє пхнути її.

— Ти надто понуро дивишся на речі, — всміхнулася вона, поклавши руку тобі на плече.

— Маю на це деякі підстави. Погодься, мила, дивно було б, якби саме зараз я почав виголошувати щось грайливе і життєрадісне. Чуєш, як збуджено хекають оті тварюки за стіною? Знаєш, я досі не можу повірити, що мене чекає двобій з ними. Ти не маєш для мене меча або принаймні ножа для відкривання консервів?

— Я хотіла втримати тебе будь-якою ціною. Але досить швидко зрозуміла, що це марна справа. Ти не схотів би забрати мене у свою навколосвітню подорож. Надто любиш різноманітність у жінках. Я не маю для тебе меча. Усе, що я змогла, — це випрати твій плащ, доволі вже заяложений плащ старого волоцюги, і принести тобі кілька хвилин ніжності на прощання.

— Дякую, серце. Чи будеш мати якісь службові неприємності, коли з'ясується, що ти не зробила мені тих засраних уколів?

— Ти забігаєш надто далеко. До чого ці питання? Про які службові неприємності може йти мова, коли ми з тобою прощаємось?

— Маєш рацію. Ти завжди її маєш. Вибач. Просто я дуже хотів би, щоб у тебе все було чікі-пікі. Щоб наступний твій чоловік був не слабодухим нудним алкоголіком, а принаймні вдячним і стриманим мазохістом. Я любив би твого чоловіка майже так само, як тебе. Крім того, я мрію, щоб тобі ловилися тільки найотруйніші змії, вертляві і досконалі. Щоб ти не мусила жити у тому порожньому домі, котрий розвалюється на очах. Я купив би для тебе невеличкий палац у Південному Тиролі, якби мені вистачило на нього грошей... Як усе це виглядатиме далі?

— Що саме?

— Ну, моя смерть. Мене силоміць заштовхають туди?

— Не питай мене про такі речі.

— Це службова таємниця?

— Це світова таємниця. Про те, як виглядає смерть, можуть знати лише ті, що пройшли через неї.

— Мене цікавить технологія.

— Не будь таким жорстоким. Бачиш, мені тяжко не тільки говорити, а навіть думати про це.

— Вибач. Я просто поцікавився. Вважав, що маю право...

— Там, у кишені твого плаща, касета з Майком Олдфілдом.

— Краще б ти лишила її для себе. Це наша музика.

Галя нахилилась до тебе, і ви знову почали цілуватися. «Ось так виглядає прощання», — подумав ти. З мільярдів жінок цього світу, які були у твоєму розпорядженні, ти вибрав для фінальної сцени саме цю. Щось у тебе відбирали, фон Ф. Не тільки життя, зрештою. Все інше теж. Значно більше, ніж просто життя.

— Коли вони врешті вгомоняться? — здригнувся ти, відриваючись від її солонуватих вуст. — Коли вони зжеруть мене?

— Це магнітофон, — сказала Галя. — Їх там немає.

— Як немає? Що ти кажеш?

— Невже ти міг повірити у таку нісенітницю? Смішний ти, смішний! — її очі поблискували в напівтемряві живими слізьми.

— Для чого тоді це все? — ти міцно потер гаряче чоло.

— Для чистоти експерименту. Тобі все одно не зрозуміти — він занадто складний, багатоступінчастий. Спочатку

тебе залякують перспективою неминучої жахної смерті. Рідкісної смерті. Потім пара відповідних уколів. І ти робишся дуже м'яким. Паралізованим. І згідним на все. І завжди носиш у собі цей жах.

Вона розбила дві безбарвні ампули, вдаривши ними об підлогу. Тоді розтоптала ногою шприц. Ти відчув, як немилосердно, нестерпно і блискавично вкриваєшся потом.

— Ось тобі ключ від твоєї клітки, — сказала вона. — Зачиниш мене ззовні. Ти маєш ще сім хвилин. Через сім хвилин прокинеться старший групи...

— «Сашко»?

— Може, й «Сашко». Він вирішив пів години поспати, поки я зроблю своє і уколи почнуть діяти. Я лежатиму тут, майже непритомна. Мені навіть удавати не доведеться. Я навіть зможу показати їм сліди твоїх ударів. Ти зачиниш мене. Підеш коридором ліворуч. Запам'ятай: скільки б не було поворотів чи розгалужень, завжди повертай ліворуч. Ти зможеш це запам'ятати?

— І що тоді, серце?

— Тоді буде ліфт. Біля нього ходитиме вартовий, але ти щось вигадай, бо це твоя єдина можливість.

— Що, що я можу вигадати, мила?

— Що-небудь. Цим ліфтом ти зможеш дістатися нагору.

— Куди нагору, кохана?

— Хіба я знаю? Там побачиш!

— Я не зможу швидко бігати, — сказав ти, одягаючи плащ. — Я не хочу йти від тебе. Але мушу. Коли ми знову побачимось?

— Вартовий коло ліфта озброєний пістолетом. Ми можемо ніколи не побачитись.

— Ти була занадто доброю до мене, — провів ти долонею по її підпухлій вилиці. — Ти справжня російська жінка. Такі, як ти, їхали до Сибіру за декабристами. Я писатиму тобі листи з України. Або з того світу — залежить від вартового перед ліфтом. Але побачиш, я буду уважнішим, ніж той забудькуватий алкоголік.

— Іди вже... Якщо вони застануть тебе тут...

Але ти не даєш їй договорити, міцно притуливши до себе. Тоді хапаєш з підлоги свою величезну торбу і під незатихаюче захланне скавуління із сусідньої клітки повертаєш ключ у замку...

Якщо ти, фон Ф., правильно все зрозумів і чітко запам'ятав, якщо ти ще не до решти пропив залишки свого мозку і не зовсім отетерів від гарячки, то слід увесь час повертати ліворуч. А це означає, що ти пересуваєшся коридорами певного лабіринту в напрямку до якогось загадкового центру його. Це схоже на античний меандр. Однак така інформація тобі, фон Ф., ні до чого: все одно ти не знаєш, що це таке.

Чи ґречно, друзі мої, чи шляхетно, чи по-людськи це, що в таку пекучу для мене хвилину, коли я ледве врятувався від знищення, втратив кохану жінку, а тепер лечу кудись у невідоме, аби, ймовірніше за все, дістати кулю в чоло, чи гуманно це, друзі мої, — закидати мені в таку мить пияцтво, звинувачувати в незнанні античних реалій? Дайте мені хоч якось виборсатися звідси — тоді й питайте про все на світі, скажімо, як виглядав щит Ахілла або скільки кораблів і під якими назвами спорядили греки на Трою. Але поки що лишіть мене з тими греками, бо он уже бовваніє вартовий у цивільному в самому кінці коридору, походжає собі перед дверима до ліфта. І мушу щось вигадати, щоб він не лише не бабахнув по мені всмак задля святого порядку, а й щоб можна було цим ліфтом скористатися. Як прикро, що немає зараз біля мене сердешної Астрід — вона так переконливо вміла долати всіх на світі вартових, швейцарів, офіцерів, вахтерів, білетерів та іншу подібну погань, котра стає на заваді вільному людському пересуванню! Мені коло неї залишалося тільки вдавати зарозумілого іноземного остолопа, який гордовито не розуміє анічогісінько з того, що діється в навколишньому совдепі. Тепер так, ясна річ, не вдасться. Бо мені не щастить з вартовими. Бо навіть у свій власний гуртожиток я не годен потрапити, якщо забуваю в кімнаті перепустку.

Але він і не збирався хапатися за зброю. Приязно помахав тобі. Після чого видав щось цілком несподіване:

— Слиш, Владік, вот здорово, што ти прішол! Постой за мєня двє мінути, а я поссать схожу... Видул чєтирє піва, прєдставляєш? Пузирь чуть не разорвался...

І ти спершу хотів йому заперечити, мовляв, який я тобі Владік, ти, пуцько ракова, я поет з України, але вчасно зрозумів, що у цьому твій порятунок.

— Давай, чеши, — сказав ти йому.

А сам подумав: «Погані мої справи, якщо вже роблюся схожим на кагебіста».

Тільки-но він повернувся, аби йти до клозету, як ти натиснув кнопку виклику. Ліфт глухо зашурхотів, рушив з місця, і це була помилка. Він різко озирнувся і в мить, коли ти застрибнув у розповзлі двері, вочевидь, допер, що ти справді ніякий не Владік, а можливо, поет з України.

— Стоять! — заверещав він, і тобі довелося шарпнути на себе перший-ліпший важіль, який ти побачив у кабіні ліфта.

Двері знову — невблаганно повзуче — рушили докупи, і саме тоді, коли вони нарешті зійшлися, він устиг пальнути кілька разів. Але двері виявилися, на щастя, куленепробивними. Хороша танкова броня часів «усе для фронту і для перемоги». І ліфт, на щастя, поїхав. Певний час до тебе долітало завивання якоїсь сирени, потім були вигуки, біганина в коридорах. Ці звуки приходили згори, аж поки зовсім не затихли. Отже, ти поїхав не туди, куди слід. Ти поїхав униз, у ще глибші глибини, у саме пекло, фон Ф. І чи виберешся ти з нього коли-небудь?

Ліфт їхав безконечно довго, і ти встиг побачити в ньому калюжу крові на підлозі (й тут когось катрупили!), а також прочитати деякі надряпи на стінах, серед яких виділявся своєю дотепністю такий: «ВСЕ — ДО П(...)Ы. Батько Махно».

Нарешті ліфт зупинився. Безперечно, що з того боку також мусив бути вартовий. І якщо вони не кретини, то вже, само собою, сповістили його про твоє очікуване прибуття згори. Так що — обережно, двері відчиняються!

Двері справді відчинилися — і ще один цивіляк розплився у посмішці, забачивши в кабіні тебе:

— Ну, чьо, Владік, — заговорив він, — взялі етово хера?

— Вдризг размазалі, — підтвердив ти, киваючи головою на криваву калюжу під ногами.

Вартовий щасливо зареготався, випускаючи тебе з кабіни.

— Ти во сколько смєняєшся? — запитав ти його, аби щось запитати.

Але цього краще було не робити, бо він також раптово зауважив, що ти ніякий не Владік. Можливо, твоє питання було якимось абсурдним чи щось іще спрацювало, професійна пам'ять на обличчя, наприклад. Отож йому залишалося тільки вбити тебе, бо пістолет у нього вже давно був готовий для подібної операції. Тож він почав стріляти без попередження — майже впритул, і ти побачив, як невблаганно вкривається великими червоними плямами твій сіро-каво-вий, щойно сьогодні випраний, прощавай, Галю, плащ. Ти упав на підлогу і спробував з останніх сил кудись повзти, полишаючи за собою червону доріжку з юхи й вивалених кишок, але він далі стріляв, так, він все ще стріляв, а він все ще стріляв, і ти почув несамовитий біль десь там, нижче живота, й тоді подумав, що цей епізод тобі цілком не вдався, тож треба його почати знову — із самого початку.

Отже, ти знову їхав ліфтом, у чистому плащі, й готувався до зустрічі з вартовим. Нарешті двері розчинилися — і знайомий тобі цивіляк розплився у посмішці, забачивши в кабіні тебе.

— Ну, чьо, Владік, — заговорив він, — взялі етово хрєна?

— Угу, — невизначено муркнув ти і, намагаючись не питати його, о котрій годині він змінюється, пройшов повз нього у коридор.

— А я уже в дєсять смєняюсь! — крикнув тобі у спину щасливий вартовий.

Але ти йшов, налягаючи на ногу, не озираючись, маючи перед собою лише коридор, стіни якого, заповнені дзеркалами, здається, неспішно рухалися разом з тобою. У кожному дзеркалі шкутильгав ти. У самому фіналі, в самому кінці коридору були якісь надзвичайні двері — таких ґрандіозних, важких, масивних дверей ти ще не бачив ніколи. Двері мали неземний вигляд. Перед такими дверима міг би походжати, брязкаючи ключами, святий Петро. Натомість перед ними походжав іще один у цивільному — за віком і статечністю ніяк не менший за полковника.

— Здарова, друг! — привітав ти його, підійшовши зовсім близько. — Узнайош мєня, Владіка?

— Какой ти в п(...) Владік! — обурився полковник. — Владік уже вторую нєдєлю в Карабахє міни ставіт. Всьо равно — прахаді, мнє адін хрєн — с панєдєльніка на пєнсію, і в гробу я всьо відал!..

Ти не здогадався навіть подякувати йому, наліг плечима на оті неможливі двері, вони відхилилися, й ти...

...опинився у велетенському, завбільшки з Красну площу, освітленому безліччю надпотужних люстр, залі. За своєю просторістю та кількістю присутніх тут людей він міг дорівнятися хіба до пивбару на Фонвізіна, який уже немало подивував тебе сьогодні вранці. Яскраве світло боляче шмагало по твоїх відвиклих і, до всього, ще й хворих очах. Але ти зумів роздивитися, що усенький зал немов на проспекти розкреслений довжелезними столами, кожен з яких має в довжину не менше двохсот метрів, а всі столи накрито по-китайськи шовковими скатертинами, й на них — безліч по-музейному дорогого срібла, кришталю, порцеляни теж не бракувало, як і, зрештою, фаянсу, а на тому сріблі-кришталі, на тій порцеляні з фаянсом було стільки всього питного та їстивного, що здавалося, ніби повернулись доісторичні часи життєлюбного забудькуватого маршала. І все присутнє багатотисячне товариство пило, гуляло, чманіло, жерло, браталося, плямкало, щось виголошувало, деякі вже співали, інші блювали — так що твоєї з'яви не зауважив, здається, ніхто, та й чи можна зауважити з'яву однієї людської одиниці, беззахисної й непотрібної, скажімо, на Красній площі? Дас іст унмьоґліх, можуть на це сказати наші сусіди німці.

Тут і там сновигали рясні високогруді дівчата в російських сарафанах і кокошниках — вочевидь, офіціантки, бо кожна мала в білих руках перед собою яку-небудь переповнену всілякими добрами тацю. На примітивному подіумі посеред залу розмістилося лобів так зі сто п'ятдесят балалайників, а дебела монголовида тітка з косою аж до задниці напрочуд крикливо вийойкувала:

Вышла, вышла девчоночка
В сад вишневай воду брать,
А за нею казаченька
Ведет лошадь напавать!

Стіни залу, а сказати точніше, інфернальні межі цієї підземної площі, було прикрашено прапорами лише двох ґатунків — червоними і чорно-жовто-білими. Причому ці прапори шляхетно чергувалися, педантично розставлені через один. Крім прапорів, ти запримітив також величезне полотнище кумачевого кольору, на якому спалахом чорних, жовтих і білих лампочок періодично виникало: «КОГДА ОТЕЧЕСТВО В БЕДЕ — НЕ МОЖЕМ МЫ СИДЕТЬ В УЗДЕ!», хоча рима напрошувалась інша.

Якийсь час ти поблукав цим простором, придивляючись до столів і публіки.

А мушу вам сказати, друзі, що належу до тих інтровертних типів, яких у людному місці мало хто помічає. Багато разів доводилось мені через це терпіти — особливо на всіляких вишуканих збіговиськах чи пиятиках, у великому й малознайомому товаристві. Іноді мусив аж три або й чотири рази повторити «добрий день» чи щось подібне, аби нарешті, коли вже зовсім зірвуся на крик, хто-небудь звернув на мене погляд зі здивуванням і співчуттям. Як наслідок, я волів надалі забитися кудись під стінку й потихеньку розважатися собі самостійно, себто багато пити й курити. Пізніше я знайшов на цю біду непоганий спосіб — обов'язково приводити із собою яку-небудь сяйливо-ефектну довгастої форми даму, як каже Неборак, «фурію зі струнними ногами». Це давало пречудовий результат: уже з порога всі кричали: «О, дивіться, дивіться, хто прийшов! Сам фон Ф., видатний талановитий поет!». Усі кидалися нам назустріч, починали розпитувати мене про творчі новини і плани на майбутнє, оточивши якнайпильнішою увагою і надавши місце в самому серці товариства.

Але цього разу я не привернув би анітрохи уваги, навіть якби привів за собою з десяток стрункострунних і до того ж цілком оголених тигриць. Настільки всі присутні були засліплені власною ейфорією, перемішаною з питвом та їдлом. Настільки важливою, життєво необхідною, смертельною була Справа, в ім'я якої вони всі тут пиячили.

Отож ти циркулював поміж столами, де-не-де впізнаючи знайомі з преси й телебачення (і тим особливо антипатичні) мордяки деяких депутатів, письменників та іншої ідеологічної сволоти. Дехто з них цмулив коньяки, інші наминали гори кав'яру ложками, але все це не викликало в тобі справедливого обурення чи бодай заздрості. Найдужче тебе цікавило тільки те, як би звідси урити, опинившися нарешті десь на поверхні ще, можливо, існуючого міста Москви. Адже цей божевільний день повинен був якось закінчитися!

І коли зненацька з-за одного зі столів, немов з-над злітної смуги, назустріч тобі стрімко підвелася велика й червона ряжка твого однокурсника, російського поета Єжевікіна, коли ця ряжка за давньою і не надто толерованою тобою звичкою обслинила тобі щоки братерськими цілуваннями, ти швидше навіть зрадів, аніж зогидився. Видихаючи горілку та свиняче філе, Єжевікін заволав:

— І ти тут, братішка! Радий, що ти серед наших! Я знав, що Україна буде з нами! Все-таки ми слов'яни, (...) його мать!

Нецеремонний і широкогрудий Єжевікін тут-таки скинув під стіл якогось православного недомірка, що куняв поруч із ним головою в картопляному пюре, і запросив тебе сісти на звільнене таким чином місце.

— Отто фон Ф., мій друг, західноукраїнський поет і хороший парєнь! — відрекомендував тебе Єжевікін довколишнім лобурякам, з яких один був у формі, здається, штабс-капітана царської армії, другий мав на голові кубанку, а ще декілька нічим таким не вирізнялися, крім того, що були в чорних сорочках і дуже п'яні.

Перед тобою забринів величенький келих з віденського кришталю, вщерть наповнений жовтою лимонною горілкою.

— За Київську Русь! — крикнув Єжевікін, і дехто навіть зааплодував, почувши такий історично виправданий тост.

Ти подумки перелічив усі попередні рівні свого поздовжнього розтину. Якщо ти не помилився, то лимонна повинна була стати шостим рівнем. А, знаючи добре себе, ти пам'ятав, що, коли таких рівнів стане сім, ти обов'язково виблюєш і, можливо, очистишся.

— Ну, як тобі сьогоднішня битва за Росію? — спитав Єжевікін, ковтнувши свою водяру і добиваючи видельцем дещо підгорілу зісподу свинячу задницю.

— Щиро кажучи, я запізнився на початок, — невизначено відповів ти, водночас випорпуючи з якоїсь майсенської порцеляни маленького, але тугого огірка. — Що, власне, відбувається?

— Розумієш, сьогодні був великий з'їзд усіх патріотичних сил, — почав розповідати Єжевікін. — Адже країна котиться у прірву, мать його за ногу, а ми всі розбилися на партійки, групки, течійки. Оцю я вчора довбав, — повідомив він, проводжаючи теплим поглядом одну з дівок у сарафані, що пропливла поруч, розхлюпуючи навсібіч напівсолодке шампанське.

— І до чого прийшли? — поцікавився ти, шукаючи за новим огірком.

— До консолідації! — тріумфально мовив Єжевікін. — Тепер усіх задавимо. Повсємєсно! Слухай, там цицьки такі, що двома руками не обхопиш! — І він показав свої ведмежі лапи як доказ того, що не обхопиш.

— Нєт-с, гаспада-с! — рубонув кулаком по тарілці штабс-капітан. — Ніяких консолідацій! З ким-с? З оцим-с кодлом-с?! Увольтє-с! Духовність, духовність, православіє, монархія, духовність, монархія, православіє, чинолюбіє, духовність, почитаніє, православіє, сладострастіє, рукоблудіє...

Він трохи заплутався. Тому вмовк на мить.

— Ніколай Палкін, — назвав себе вголос і видобув з-під стола збірку поезій «Расплела косу береза».

— Дякую, в мене є, — запевнив ти.

— І я? — засвердлив він тебе білогвардійським поглядом.

— Духовність! — відповів ти. — Православіє, монархія, духовність, народність, партійність... Самодержавіє, братолюбіє, чаєпітіє...

— Смірєнномудріє! — закричала кубанська шапка.

— Храмостроєніє, — додав штабс-капітан Палкін, руйнуючи неслухняним видельцем гору хитромудрого салату, що справді нагадувала обрисами псевдовізантійську культову споруду.

— Діло ясне, храм нада відбудувати, — глибокодумно погодився Єжевікін. — Стільки повсємєсно цих жидів, екстрасенсів розвелося, а ще наркоманів, гоміків, лесбіянок... Некрофілів, скотоложців...

— Графоманів, — докинув ти.

— Рокерів, брокерів, ділерів, — булькнула кубанка.

— Порнографію на кожному кроці продають, — не втримався Палкін.

— А ви що скажете, батюшка? — звернувся Єжевікін до масивного священника, що надувався трохи оподаль.

— Б(...)во всьо ето, — відповів піп, той самий, зрештою, якого ти бачив нині вдень у пивбарі на Фонвізіна.

Єжевікін нахилився до тебе й, активно наслинюючи, але аж ніяк не збуджуючи твоє вухо, сказав:

— Уявляєш, після третьої палки лежу в повному трансі, а вона мені: «Єщо!» Тоді я подумав-подумав, ставлю її...

— Уся наша біда-с, гаспада-с, що ми втратили слов'янську єдність-с, да-с, — резюмував тим часом Ніколай Палкін.

— ...і коли вже кінчаю, — продирався далі до твого вуха Єжевікін, — вона мені й каже: «Знаєш, я тепер тільки нашим буду давати!» Вона ж валютна, паскуда, за долари, сучка, підмахувала!

— Хіба вона не офіціантка? — трохи здивувався ти.

— Яка там! Запам'ятай: усі ці баби в сарафанах — валютні шлюхи. Їх на сьогодні зняли для обслуговування банкету спеціальною директивою ЦК. Довелося платити зеленими, як за нормальну роботу. Зате можемо гульнути на славу!

— А що, ЦК відає валютними проститутками?

— ЦК відає всім, — переконливо заявив Єжевікін. — Тому я й не виходжу, братішка! Хоч мені цей більшовизм, як і тобі, як і йому, вже отут во застряг! Кісткою! В горлі!

— Всєх расстрєлять! — заволав нагло штабс-капітан Ніколай Палкін і з'їхав під стіл — приблизно туди ж, де вже лежав посопуючи байдужий тобі недомірок у косоворотці.

— Шаліш! — відгукнувся на це кубанський козак і, схопивши в долоню порожній келих, так шваркнув ним об стіл, що з долоні бризнула кров.

— Уймись ти, жопа, — спокійно застеріг його Єжевікін, безперечний лідер товариства. — А знаєш, як справжнє прізвище Горбачова? — спитав він у тебе.

Нестримне бажання спати чи бодай десь полежати знову заволоділо тобою. Перед очима пливли мордяки, шматки свинини, кров кубанця поволі розтікалася поміж тарелями.

— Єжевікінг, — трохи плутаючи язиком, звернувся ти. — Подай мені картоп'яне пюро!.. Або ні, не треба. Краще послухайте, хлопці, мене. Вийшло так, що я в житті знав багатьох. Безліч! Я знав психічно хворих і психічно здорових. Я знав нафтовиків і лісорубів, писанкарів, нічних злодіїв, сутенерів, знаменитих хірургів, деміургів, я знав бітломанів у першому поколінні, франкмасонів з ложі «Безсмертя-4», однояйцевих блазнюків, рокерів, партійних секретарюків, я знав споживачів гашишу і працівників травоохоронних органів, знав лінотипісток, друкарок і манекенниць, найбільше знав художниць і надомниць, а також наложниць, знав навіть кількох заложниць, проте переважно — незаможниць. А ще не можу від вас приховати, та й не смію приховувати — знав суфлерів, філерів знав, суфіїв. Знав останніх гіпісів і перших панків. Бував у кабінетах перших осіб, ділив єдиний ковток горілки з сифілітиками, спав в одному ліжку з хворими СНІДом. Знав одного чорношкірого українця родом з Ямайки, взагалі українців знав найбільше, проте інших націй так само. Зрештою, знав навіть психіатра, який писав дисертацію. Багатьох знав. Безліч! Мій товариш — джазовий піаніст — нині став головою міської ради демократичного скликання. Під час сесій він вмикає плеєр, ховаючись у президії, порівнює себе з Гавелом. Повний пінцет! Але, крім нього, я знаю ще безліч інших осіб. Я бував на вершинах і на дні, я все спізнав і все пережив... За тоталітарного режиму був коректором, за посттоталітарного мої ерекції почастішали. Мене вже нічим не здивуєш, нічим не дістанеш... Але я ще не бачив таких рідкісних мудаків, як ви, друзі! Я вам просто дивуюся, ви мене дістали! Повний прівєт! Єжевікін, я маю досить вашого товариства! Як би оце звідси вийти, га?..

— Куди? — тупо спитав Єжевікін.

— Додому. Ну, я маю на увазі, в гуртожиток.

— Додому? — Єжевікін аж затрясся від реготу. — Тут наш дім. Тут наше підземне серце. Тут тепер Росія — єдина й неділима. І ми звідси вже не вийдемо, поки там, нагорі, наші танки не вичавлять останнє гівно з останнього ворога. І тоді ми вийдемо на світло нової Росії, старої Росії, з ясними іконами й монаршими святинями в руках...

— От вихрест собачий, — сказав батюшка, розглядаючи дещо семітський ніс закривавленого кубанця..

— Так що нікуди звідси не вийдеш, братішка, — завершив Єжевікін, наливаючи ще по сто п'ятдесят.

— І довго це все потриває? — не вгавав ти.

— Недовго вже, — заспокоїв Єжевікін. — Уже віддано потрібні накази. Лишилося тільки їх виконати.

Ти випив ще сто п'ятдесят і раптово зрозумів, що тим більше треба звідси втікати. Але як? І куди?

— Ти почекай мене тут, еге? — змовницьки моргнув Єжевікін і шаснув кудись у простір залу слідом за своєю недавньою коханкою в сарафані.

Тим часом тітка на подіумі доспівала якийсь фатальний романс, і під оплески, доволі неодностайні, до неї піднявся певний офіційний добродій з великою блискучою тацею в руках. На таці лежало в усій красі й величі засмажене порося з чимось дуже апетитним у рийці. Тримаючи перед собою тацю, добродій підтанцював до мікрофона. Балалайники врізали якусь патріотичну інтродукцію, а монголовида співачка відпливла убік і в пояс уклонилася.

— Товариші! — почав добродій з тацею.

Але в залі зчинився ґвалт і розбрат, тому що значна частина присутніх зажадала, аби до них зверталися «гаспада».

— Співвітчизники! — відразу викрутився промовець, очевидно, великий майстер щодо об'єднавчих моментів. — Сьогодні воістину всі ми зібралися в цьому залі! Нелегко було нам іти сюди, але всі ми прийшли! Бо зрозуміли нарешті святу істину, воістину зрозуміли і дійшли згоди: країну треба рятувати. Рятувати треба країну!

— Рятувати країну треба! — підтримав його хтось із залу.

— Жоден Батий, Наполеон або Мазепа не плюндрував ще так воістину святу нашу землю, нашу землю воістину святу, так воістину не плюндрував ще, як нинішні... — промовець наморщив спітніле чоло, імітуючи болісно-напружений пошук відповідного вбивчого слова, але, так і не знайшовши, інтонаційно заокруглив, — як нинішні!

Історична паралель здалася йому надихаючою. Промовляв щоразу палкіше й вогнистіше, розставляючи невидимі знаки оклику, немов підпалені уздовж Володимирсько-Сибірського тракту стовпи.

— Будемо ж вірними нащадками воістину святих предків наших! Духом Георгія Побідоносця дишуть наші серця! Ми повинні скрутити лукаві голови! Слава збирачам земель! Бо Росія — всюди, де ми! А ми всюди! Всі ми — це вона! Ця вона — це все! Не дамо її! Так дамо, що ну! Всім покажем хрін!

По цих словах він витягнув згаданий щойно овоч з поросячої рийки і гордовито-грізно підніс його над головою, в той же час еквілібристично тримаючи тацю, вочевидь, доволі вагому, на одній руці.

Показаний хрін викликав бурю оплесків. Щось із нього світилося — якась сакральна сила, войовнича державна субстанція Святої Русі — дух Івана Калити, Петра Першого, а може, й маршала Ахромєєва. Буря вщухла лишень після того, як промовець знову повернув священний корінь у зуби жертовному поросяті.

— Друзі! — продовжив він, дещо опустивши тональність. — Велике й величне наше мистецтво. Воістину чисте, воістину святе. Світ увесь тремтить перед нашою піснею!

Тремтить і плаче, боїться й ненавидить, страждає і любить. Але даремно сподівається. Воістину — не забуде Росія свою пісню! Святу пісню свою. Не діждетеся!

Промовець погрозив вивільненим з-під таці кулаком якимось заокеанським опонентам, котрі не люблять російської пісні. Й тоді елеґантно завершив:

— І тому дозвольте від вашого імені привітати на цьому воістину соборі велику співачку російську, мать нашу і сестру, душу нашу неосяжну, незрівнянну нашу і святу Марфу Сукіну, народну артистку, і за давнім святим звичаєм подарувати їй цього печеного лебедя!..

«Чому лебедя?! Якого лебедя?!» — хотілося крикнути тобі, фон Ф., але тебе все одно не почули б, настільки одностайно зринули до підземних склепінь оплески. Марфа Сукіна, розпливаючись у монголовидій посмішці, прийняла позолочену тацю і вклонилася з нею. Балалайники вдарили щось хвацьке.

— Всєх расстрєлять! — гаркнув з-під столу штабс-капітан.

Вихрещений кубанець гірко ридав, розмазуючи кров по всіх салатницях.

Тут повернувся збуджений Єжевікін і повідомив:

— Усе! Домовився! Зараз буду її махати. Там, при вході, під мавзолеєм, є пару окремих ніш... Дуже тісних, але спробую закинути ноги на плечі. Я й про тебе домовився, братішка. Вона подругу приведе, Свєтку. Цицьки не менші, ніж у моєї, а може, й більші... Я ж про братів ніколи не забуваю!

Він енергійно потер руки.

— П'ємо по сто і вперед!

Смажене порося, злетівши з аеродрому таці, кружляло над залом, поміж надпотужними люстрами, і викликало шалений ентузіазм. Дехто з присутніх намагався поцілити в нього пляшкою. Марфа Сукіна в оточенні балалайок пискляво співала про валянки. Летюче порося чимось і справді нагадувало лебедя. Хоч іноді тобі здавалося, ніби то двоголовий орел — стільки сяйва випромінювала довкола себе ця печальна печена істота.

Цього разу Єжевікін налив якоїсь темної настоянки. Ти зумів приговорити її, вижерти, вижлуктати. Одним духом. Але потім згадав, що то вже сьомий рівень.

— Головне, пам'ятай, — давав останні настанови Єжевікін, підводячи тебе з-за столу за комір плаща і вкладаючи тобі в руки лямки від твоєї торбеґи. — Головне, пам'ятай: під сарафанами в них нічого немає!.. Ясно? Так що відразу — туди!

І він немилосердно потягнув тебе, як щойно сказав, — «туди».

Маєш перед собою двійко дамських грудей — досконалих за формою і соціалістичних за змістом, ґрандіозних, мов кавуни. Ніколи ще в житті тобі таке не траплялося. Хіба на обкладинках деяких журналів. Або в кінофільмах, які, на жаль, не ти ставив і навіть сценаріїв до них не писав. Велетенські білі гори, що звільна підносяться й опускаються перед твоїм носом, а власниця їхня пускає тютюновий дим тобі в очі. Розумієш, що треба було б уже якось собі із цим багатством давати раду, тим більше, в сусідній ніші атакуючий Єжевікін уже видобуває зі своєї жаданої досить недвозначні охи та ахи. Але не йде тобі чогось. Чи це сумління озвалося? Чи просто алкоголь і гарячка зробили своє, і все, на що ти здатен, — це задерев'янілим неживим язиком ялозити поверхню гіркуватих твердих сосків? Чи, може, то громадянський обов'язок не дає тобі забутися в розпусному акті, а вимагає, рішуче покинувши ці тілеса благословенні, бігти кудись, будити когось і несамовитим фальцетом кричати на пів світу: «Демократія в небезпеці!»?

Але, виявляється, все значно гидкіше. Просто тебе нудить, фон Ф. І будь-якої хвилини ти можеш розмалювати цей колихливий фасад готельної куртизанки рясним павичевим хвостом, барвистими струменями, щоправда, досить передбачуваними за кольоровою гамою. Бо ти маєш у собі всі необхідні для цього передумови.

— Ти що, перегрівся? — співчутливо шепоче вона.

— Я дуже люблю вас усіх, — відповідаєш на це.

— Хочеш, я потру тебе?

— Ні, мила. Зараз усе буде... — ледве стримуєш могутній внутрішній спазм.

— Я можу повернутися задом, — пропонує вона.

— Тільки не це, — благаєш, бо й справді звик до її грудей.

— Якщо не можеш, то так і скажи! — починає вона нервувати.

— Буа, — кажеш на це.

— Що? — не розуміє вона.

— Вве, — доказуєш свою думку.

— Зараз я тебе поставлю, — обіцяє вона і, докуривши, нахиляється до тебе губами.

— Уе, — пробуєш її попередити.

Але вона вже впивається у тебе і починає виробляти з твоїм ротом щось невимовне, вона тягне з тебе душу, а з нею і все інше, аж ти нарешті силоміць, обома руками, відриваєш від себе її голову і, схопивши з підлоги обважнілу зненацька торбу, як підстрелений, вилітаєш геть, забувши навіть про біль у коліні.

І знову зал, повно світла, калейдоскоп облич і тіл, а певніше сказати — мармиз і туш, і ти когось штовхаєш, і щось перекидається, але ніщо не може тебе спинити, рвешся в якісь двері — одні, другі, треті, а потім нарешті бачиш рятівне слово «УБОРНАЯ» і влітаєш туди, наче п'яний анархіст, що штурмом бере Зимовий.

Це не сортир, а, як виявилось, щось на кшталт артистичної гримерної з купами всілякого мотлоху та іншого реквізиту. Але перед неосяжним, на всю стіну, дзеркалом усе-таки біліє раковина, і ти вивергаєш нарешті із себе увесь цей день, усі його хімічні елементи вкупі з органічними речовинами, усю цю Москву. Фонтануєш самозабутньо, нестримно і радісно і всіма своїми судомно-екстатичними рухами нагадуєш сліпучого джазового саксофоніста на вершині приголомшливої імпровізації...

Тоді відкручуєш обидва крани і довго миєш себе. Зробилося так легко і затишно, як не було вже давно. Час від часу дивишся у дзеркало — обличчя з перекошеного стає врівноваженим, крапельки поту переможно цвітуть на ньому, а шкіра повертає собі звичний відтінок. І все ж досить неприємна пика. Вся національна самосвідомість пішла у вуса.

А ці почервонілі очі! А ніс, якого в тебе зазвичай немає, теж претендує на щось — вигострився й поблискує, розпромінюючи самозакоханість.

Пштрикаєш по ньому пальцем, аби не задавався, і раптом чуєш з-за спини лагідний старечий голосок:

— Што, касатік, струганул малость?

Маленький тихий дідок сидить у кутку й доброзичливо спостерігає за тобою. Такий собі голуб сивенький. Вочевидь, був тут увесь час, поки ти блював.

— Мінєралкі попєй, родімий, мінєралка очєнно помогаєт, — каже він.

— Та вже ніби легше, — тяжко зітхаєш.

— Ілі ложку мьоду прімі — как рукой симєт...

— Нічого, дзядзю, я витривалий, — пробуєш навіть зашкіритися.

— Нєбось, водку с краснєнькім жрал, галубчік?

— І не тільки, тату. Всі кольори веселки. Райдуги! — пояснюєш.

— Нєзя так, болєзнай. Щадіть сєбя надоть.

— Яке вже там, стрийку! Раз живемо — раз мучимося...

— Страдаєш, бєдний?

— Як усі, старче.

— А ти помолісь — полєгчаєт.

— Кому маю молитися? Якому Богові, тату? Стільки їх виникає над нами, і кожен стверджує, ніби Він — Єдиний, і кожен хоче, щоб Йому молитися. Якесь багатовладдя в небесах. Не можуть поділити сфери. А на нас усе окошилося. Пани б'ються, а у хлопів чуби тріщать!

З такими старими людьми найкраще розмовляти мовою прислів'їв. Це їх переконує.

— Много зла в тєбє накіпєло, ласковий.

— Бо я хотів з усіма жити у злагоді. А виявилося, що всі пересварені давно. Ще перед моїм народженням долю світу було вирішено: свари і війни. А ви тут хто будете?

— Я чєловєк малєнькій, — вичерпно повідомляє старий.

— О, то це про вас написано найкращі твори світової класики?

— Про мєня, любєзний, про мєня.

— І не тяжко вам отак жити — з такою неславою? Всі про вас усе знають...

— А я Богу молюсь. І помогаєт.

— А якому з них молитеся — російському, бородатому, чи, може, індійському, шестирукому?

— А тому, за которим правда. Правду любой нутром чуєт.

— На жаль, вуйку, правда — це щось дуже спекулятивне. У кожного своя. Правда як дишло. Навіть газета є така, може, читали?

— Много, много зла в тєбє, мілай.

— Бо я, дзядзю, в житті своєму недовготривалому і відрікався, і зраджував, і перелюбствував, і гнівався, і морду заливав, і брехав, і лаявся, і спокушався, і собою хизувався, і... От хіба що не вбивав тільки.

— Во храм хадіть надобно, Богу моліться. Он всьо прощаєт.

— Що ж це за Бог такий, старче, котрий заради прощення змушує до церкви ходити? Це жандарм, а не Бог! Я в жандарма не можу вірити.

— Всьо ви, учониє люді, видумиваєте, — скрушно похитав головою дідок. — Ліш би как-нібудь вивєрнуться! А на самом дєлє — только лєнь душевная да омєртвєніє. Нє хочєт душа спасаться! І отягчіліс сєрдца ваші об'єдєнієм і піянством і заботамі житєйскімі...

— Може, ти й правду кажеш, старий, — мовив ти по короткій печальній мовчанці. — Може, я від завтра почну молитися, до церкви ходити. Тільки б якось нарешті звідси вибратися. Нагору! Бо це ж пекло, тату! Невже ти не відчуваєш? І що робиш у ньому, такий благий та мудрий?

— Вахтьори ми, — повідомив старий.

— А, тоді ти мусиш знати, як звідси виборсатися. Скажи мені!

— Што я знаю, сєрдєшний? Я — чєловєк малєнькій. Знаю только, што там, — він указав у напрямку залу, — піянство і об'ядєніє, а там, — указав на інші двері, ліворуч від дзеркала, — покойнікі совєтуются...

— Які ще в біса покійники?

— А такіє. Важниє. Сінпозіум какой-то.

— Симпозіум для покійників? Гарно!

— Строго по пропускам, касатік. Хочєш зайті, послушать?

— Не хочу я вже нікуди, старче! І навіть до покійників не хочу! Досить з мене на сьогодні. Мушу якось на волю видертися. Там дощ, машини, дівчата. Ліхтарі, парасолі. Розумієш, стрийку, поети іноді справді мають потребу зійти під землю — з творчою метою, скажімо. Деякі шукають своїх коханих. Орфей, наприклад. Або Данте. Але тільки тимчасово. Аби потім видертися і задирдичити щось фантастично-щемке вишуканими терцинами. Я вже набувся тут. Пора мені за свої терцини сідати.

— Как знаєш, — знизав плечима старий.

Якусь хвилину ви помовчали.

І тут я знову повернувся лицем до дзеркала, друзі, й побачив, як там, у дзеркалі, відбитий мій двійник шкіриться й підморгує мені. Помацав рукою власне обличчя — нічого подібного, жодного вишкіру, ніяких підморгувань. А той, у дзеркалі, продовжує. Мовляв, нікуди мені не подітися — сценарій дня не завершений. Фінальний постріл так і не пролунав. І не вдасться мені від нього відвертітися. Так що день треба прожити до кінця. Вичерпати його. Чесно і твердо.

У тиші скрапувала в раковину вода з нещільно закрученого тобою крана.

— Дідько з ним! Послухаю мертвих! Як воно бодай виглядає, тату?

— Самиє главниє совєтуются. Как дальше жить.

— Кому, покойнікам?

— Да нєт, нам, живим. А оно і бєз ніх ясно, как жить — по-божескі да по-чєловєческі...

— І багато їх там?

— Каво?

— Ну, цих, головних, які все вирішують?

— Душ сєм набєрьотся. Ето которие самиє-самиє. Остальних же — і того больше!.. Которие помєльчє.

— І як туди зайти?

— Пропуск нужен.

— Від кого, стрийку? Мабуть, від Сатани, так?

— Скажеш тоже! От єнерала пропуск. І маска. Потому как всьо сєкрєтно і строго. Нє дай Бог, узнают друг друга! Я так думаю, пропуска у тєбя нєту? Ну, і нє нада! А маску одєнь обязатєльно.

— Та де її взяти, старче?

Він висунувся зі свого куточка і повагом рушив до шаф із реквізитом. Одну з них відчинив.

— Вибірай, какая больше нравіцца!

Серед безлічі масок — карнавальних, дитячих, персонажних, ритуальних, що ними повнилася шафа, ти спершу розгубився. Що одягнути, чорт забирай? Оцю довгоносу венеціанську почвару? Чи, може, новорічного зайчика з волохатими вухами? Або щура, щоб уже бути послідовним і не цуратися власної сутності? Чи маску сибірського шамана, щоби вчасно розчинитися на хвилях екстазу? Або буддійського монаха? Або посмертну маску Сергія Єсеніна? Чи оцю карикатуру на Гітлера? На Брежнєва? На англійську королеву? На папу римського? На аятоллу Хомейні?

Ні. З-поміж великої безлічі масок ти вибрав стару, мов цирк, космополітичну й чимось безлику маску рудого блазня. Традиційного крикливого паяца, що ходить у надміру широких картатих штанах з діагональною шлейкою і голосно плаче, коли його лупцюють палицею по спині, випускаючи на два метри вперед розкішно-комічні і завжди актуальні струмені сліз.

У наступному коридорі, перед входом до КОНФЕРЕНЦ-ЗАЛУ (так-так, саме конференц-залу!), ти надибав на телефон. Це була чудова нагода погомоніти з Кирилом. Попередити його про своє можливе спізнення. І взагалі — попередити всіх на світі про цю підземну небезпеку. Хай щось роблять там нагорі! Хай принаймні об'єднуються і виходять на площі з прапорами!..

Але, вже знявши слухавку, ти дотумкав, що телефон існує лише для внутрішнього користування. На ньому навіть не було диску з цифрами. Тим часом у слухавці пролунав чийсь дуже дисциплінований голос:

— Дєжурний.

— Як справи, дєжурний? — з усією можливою самовпевненістю вдерся ти в його вухо.

— Усе нормально, товаришу?.. А з ким я?..

— Нормально, кажеш? — ти витримав паузу, якраз необхідну для того, щоб дєжурний відчув себе маленьким-маленьким, а тоді, мимоволі згадуючи солодко-тривожні забави з телефоном далеких часів дитинства, люто загарчав:

— Що, просрали затриманого, виродки?! Думаєте, я нічого не знаю?! Чому не доповідаєте про втечу? І хто вас, довболобів, на службу приймав?! Подумати тільки — писака задришпаний, а так намахав усіх!.. Професіонали задрочені!

— Ми шукаємо, товаришу... — рятував ситуацію сердега дєжурний.

— Шукайте свої голови, чмошники бездарні! А він уже денебудь по Москві розгулює. Негайно знайти і до мене! Особисто до мене! Ви хоч розумієте, що поставлено на карту, ні? Хоч це ви розумієте, йолопи?!

— Розуміємо, товаришу...

— Нічого ви не розумієте, якщо він досі ще не затриманий! Зауважте: якщо ви мені не дасте його живим або мертвим, або і мертвим, і живим, і ненарожденним, то з понеділка вся група, всі до одного — нах Карабах! Потретеся животами об скелі! Може, під кулями і снарядами помудрішаєте! Ясно?

— Ясно, товаришу... А з ким я?..

— З Господом Богом, мудило! Впізнавати треба, ясно? Які ще питання?

— Щури.

— Що з тими щурами?

— Починають жерти одні одних. Нищать кабелі урядового зв'язку. Лютішають з кожною хвилиною. Боїмося, що можемо перетримати. Як накажете?

— Наказую. Випускайте!

— З усіх відсіків?

— З усіх без винятку! Хай розімнуться, погасають трохи...

— Ги-ги-ги, — заколихалося з боку дєжурного.

— Жарти на бік! Старшому групи перекажіть, що його я власноруч до щурів у клітку запхаю, якщо через годину ви мені того віршомаза не дістанете! Ясно?

— Обов'язково перекажу! — з радісною готовністю запевнив дєжурний.

— Інформуйте мене про хід операції щопівгодини! Ясно?

— Ясно, товаришу... Якої операції?

— Мальованої! Операції по затриманню, тупаку!

Ти розлючено кинув слухавку. І звідки стільки нахабства взялося? Подивився на своє відображення у гладенькій чорній поверхні телефонного апарата. Блазень блазнем — пасма рудого, мов лисячий хвіст, волосся, великі нерівні залисини, ніс у вигляді червоної картоплини. Цілком відповідає тому, щоб іти на симпозіум покійників про наше майбутнє. Який, до речі, он за тими дверима відбувається.

Двері ти вирішив штовхнути ногою — так воно, безперечно, елеґантніше. Але ніхто у КОНФЕРЕНЦ-ЗАЛІ не звернув анінайменшої уваги на цей вибрик. Ти увійшов — блазень блазнем, нікому не потрібний у своєму довгому плащі. Уся потойбічна публіка в масках була саме заслухана в якусь доповідь, виголошувану з заляпаної кров'ю й фекаліями, підсвіченої знизу свічками трибуни. Доповідь виголошував напрочуд хвацький інкоґніто, що за старим кримінальним звичаєм вирішив натягнути на голову чорну капронову панчоху з єдиним розрізом — для рота.

Взагалі ж у залі панувала атмосфера напівтемряви. Стільці були розташовані амфітеатром і, здається, оберталися довкола висвічених трибуни й президії. Стіни залу оберталися теж, правда, у протилежний бік, щоб у присутніх часом не помакітрилося в головах. І на тих рухомих стінах періодично виникали зображення всіляких рідкісних об'єктів, ніби в китайському театрі тіней. Пропливали зруйновані будівлі, шибениці, танки, відривалися від землі штучні супутники, полчища комбайнів нагадували стада доісторичних ґігантів. Пахло чимось напіврозкладеним, але й коньяком пахло.

Тим часом рот доповідача, що був усього лише заглибиною в чорній панчосі, забивав у рухомий простір залу цвяхи гострих зубатих фраз. І цей рот говорив приблизно таке:

— Мусимо визнати, що ми на порозі катастрофи. Повторюю: на порозі. Чи маємо шанси для її відвернення? Чи можна ще врятувати нашу велику спадщину? Скільки для цього треба зусиль, вогню, крові, металу? Ось те коло питань, що всіх нас не в жарт пече. Минулися ті повільні часи, коли ми могли дозволити собі відступи, пом'якшення, амністії, розпруження, розрідження. Нині альтернатив не маємо. Тобто ще маємо, але це вже остання з можливих альтернатив: бути чи не бути. Бути Великій Державі чи не бути. Бути Великій Державі чи бути Великому Хаосу. Ієрархії чи анархії. Стрункості наших ідей вороги протиставили свист і гулюкання. Розвалюється фактично все. Тріщать по швах святині і танки. Армія вже не здатна виконувати накази пращурів: вона симулює. Вона бридиться вбивати. Це вже не армія — це велике збіговисько педерастів і пацифістів, що, зрештою, одне й те ж. Мусимо визнати: у нас нині армії нема. Нема! Однак, чи випливає з цього неминучість найбільшої катастрофи? Ні!

Ти присів на одне з вільних крісел поблизу проходу і почав обертатися разом з усім амфітеатром. Як добре, що ти вже встиг усе виблювати! Тепер ти міг зосередитися на всьому іншому. Зловісні тіні повзли довкола залу. То були відрубані голови, язики, шпилі помпезних будівель, націлені ракети. Затемнена публіка слухала промовця вперто і заанґажовано: всілякі діди-морози, пірати, індіанці, опричники, мухомори, розбійники, алкоголіки та інші казкові створіння.

Проте найбільше було різної звірні з хоботами, рилами, пащеками, хвостами і ратицями. Часом це нагадувало святковий ранок з перевдяганнями у дитячому садку. Або в школі для розумово відсталих.

Президія збориська сиділа праворуч від трибуни. Їх було семеро. І всіх ти упізнав.

Першим кидався в очі високий і кістлявий негідник, замаскований під Івана Грозного. Раз у раз трусив він своєю татарською борідкою та немитими патлами, прислухаючись до чергового цвяха з вуст Чорної Панчохи. Враження від нього було взагалі таке, наче він щойно забив свого сина.

Наступним був хтось, хто вирішив сдєлать життя своє з таваріща Дзержинського. Борідка його була не менш цапиною, ніж в «Івана Грозного». Парадоксально, але від пам'ятникового Фелікса-Дон-Кіхота цей, присутній у президії, відрізнявся тим, що був грубеньким і низеньким — таким собі кабаретовим солістом не першої свіжості.

Поруч із «Дзержинським» міг сидіти тільки Ленін. Так воно й було. Проте і тут не обійшлося без деякої кумедності. Справа в тому, що «Ілліч» мав на голові не звичного хрестоматійного картузика, котрий так наближав його імідж до робітничо-селянських мас, а корону Російської імперії з усією візантійською її надутістю, щоправда, виготовлену з пап'є-маше. Ні в чому іншому корона не поступалася перед справжньою.

Далі був Мінін-і-Пожарський. Двоголовий тип у стилізованому під XVII століття одязі, який частково сидів у кріслі, а частково стояв поруч, обійнявши рукою плече сидячого.

Невідомо, чого більше було в цій людині — воєводи чи купця, шляхетства чи міщанства.

Генералісимус Суворов, себто тип, замаскований під нього, натомість був, як і в житті, хворобливо вертлявим і нетерплячим. Складалося враження, що він сидить на розпеченій до іскор плиті або на цвяхах, забитих промовцем у чорній панчосі. Увесь час потирав руки, відверто дерев'яні, до того ж недбало обточені, і перебивав доповідача недоречними питаннями.

Очевидною перлиною всієї президії була дебела пані в образі імператриці Катерини Другої. Шати, в яких перебувало її повнокровне заялоложене тіло, являли собою середній стилізаційний гібрид поміж бальною сукнею часів рококо та банальною нічною сорочкою часів модерну. Усім була б гарна ця імпровізована «Катерина Друга», якби не пітніла так щедро, особливо ноги. Вони в неї, здається, мали властивість пухнути. Вочевидь, це були наслідки бурхливої двірцевої молодості.

Останнім у цьому ланцюгу великих був один зі скляним оком. Зрештою, це міг бути і справжній Анатолій Іванович, загримований під себе самого, щоб ніхто з присутніх не подумав, ніби це справді він. Створювалося навіть таке враження, що це він усім тут керує. Напевно, був тіньовим головуючим у цьому царстві тіней.

Підсвічені знизу, члени президії скидались на великі гральні карти, висмикнуті з якоїсь маґічної колоди пройдисвіта. Тільки от гра велася на життя і смерть. Так тобі принаймні здавалося.

Доповідач у чорній панчосі тим часом робив своє. Точніше, робив його рот.

— Мусимо пригадати: в критичні хвилини нам завше ставала у пригоді хірургія. Великі майстри Державної Справи не спинялися перед видаленням найкровоточивіших шматків м'яса. Коли йшлося про майбутнє, слід було різати — хоч би чого це коштувало. Історія нас із вами — це історія безжальної хірургії. Ви бачили, як, скинуті у підвали Іпатіївського дому, корчилися під багнетами виконавців цар Микола Другий та вся родина? А це було не що інше, як видалення мигдалин. Бо Держава мусила жити далі. Гемофільний цар уже не встигав за нею. Нині маємо щось подібне. Слід розтяти це хворе тіло ізсередини! Розпустити всіх по домівках, опустити завісу. Ми подаруємо всім їхню, вибачте на слові, омріяну незалежність. Ми навчимо їх перемагати у референдумах. Бо референдум — це ідеальний спосіб маніпулювати людьми, залишаючи в них ілюзію, нібито вони самі вирішують свою долю. Ми навчимо їх любові до Держави. А це означає — до насильства, обманів і хабарів. Ми дамо їм повну свободу заганяти себе у прірву. Отже, повна, даруйте, незалежність для республік. Однак при цьому дещо зберігаємо за собою...

— Як буде з Аляскою? — завертівся на худому задку «генералісимус Суворов».

— Ми завжди готові стати на захист тамтешнього російськомовного населення, — не змигнувши (а може, змигнувши) оком, чітко й вичерпно сказав Чорна Панчоха.

— Не сміти забувати про Аляску! — вереснув «Суворов».

— Замальчі! Ду, шайсенер мудак! — гримнула на «генералісимуса» німецькомовна «Катерина Друга».

При цьому «Ленін» досить зловтішно захихотів, у той час як «Анатолій Іванович» (Анатолій Іванович?) закликав президію до послуху.

— Аляска Аляскою, — втрутився всепроникливий «Дзержинський», — але щойно ви сказали прецікаву фразу: «... ми дещо зберігаємо за собою». Що мається на увазі?

— Майбутнє, — відповів Чорна Панчоха. — Зберігаємо за собою не так розшматоване тіло, як окремі життєздатні органи. Зберігаємо певні кабінети, комітети, утворення. Зберігаємо певну вертикальність у їхніх стосунках. І великий природний потяг до зростання, розмноження, відтворення. Найсмішніше, що ці органи (голови, руки, ноги, яйця) зненацька почнуть діяти в інтересах незалежних республік.

— Спгавді? — зацікавився «Ленін».

— У тому й сіль, що ні, — підтвердив його сумніви рот доповідача. — Насправді вони готуватимуть наше майбутнє. На чолі новоспечених, пардон, незалежних урядів виникнуть апробовані нами і нами ж призначені виконавці. Хаос породжуватиме хаос. Там, де це неможливо, до влади прийдуть просто виб(...)ки. Або політичні проститутки, Володимире Іллічу. Або, зрештою, просто нікчеми. Усе потоне в сірятині. В нудоті. В підлості. Велика ентропійна хвиля, що розірвала Велику Імперію, рознесе вщент і незалежні, перепрошую, державки. Усе це виглядатиме надто карикатурно: ці призначені нами президенти, ці закуплені нами парламенти. Ці прикордонні конфлікти шиїтів із сунітами, католиків з крішнаїтами, а православних із дзен-буддистами. Ці героїчні спроби західних банкірів навчити божевільних свободі. Ці голодні міжусобиці, бунти і страйки. Ця індустрія церков і борделів. Великий непотріб указів, конституцій та декларацій. І тотальний смітник, ні, багато незалежних смітників на чолі з недолугими маріонетками. Ось — наша програма дій. Дедалі частіше й частіше озиратимуться народи назад. І бачитимуть у своїх обманутих візіях Велику Державу — космічну, вогнисту, широку, тисячолітню. Дедалі гірше й гірше виглядатиме у порівнянні з нею вота, дозвольте, незалежність. Сама ідея чогось подібного виявиться навіки...

— Обісраною, — підказав «Іван Грозний».

— Дякую, щось подібне і я хотів сказати, — чемно погодився доповідач. — І тоді всі вони — я маю на увазі народи — знову захочуть її, Держави. Адже все втікатиме, як морський пісок. Адже все валитиметься. Великий звіринець запанує навколо! І жодного іншого вибору! При цьому я маю на увазі вже не так політичний, економічний, як моральний вибір.

Злива оплесків затопила зал.

— А як буде з Польщею та Фінляндією? — вискочив «Суворов» після того, як оплески вщухли.

— Замальчі, старий дурной копф! — розлютилася «Катерина Друга».

«Суворов» поцілував їй руку, оскільки сидів поруч. Спітнілу, вкриту ластовинням і пудрою, руку ясної імператриці.

— Усе буде гаразд, — запевняв доповідач. — Польщу ми зробимо полігоном від моря до моря, а Фінляндію заллємо горілкою. Ми скасуємо їхній сухий закон як такий, що суперечить правам людини!

Усі знову заплескали. «Ленін», дрібно хихочучи, витяг з кишені камізельки механічну мишку і пустив її бігти по столу президії. Гучно ляпаючи долонею, сам же її і впіймав і тут-таки скрутив іграшкову голову. Зрештою, мишка могла бути й живою.

— Це буде наше останнє й довічне воскресіння, — знову заговорив Чорна Панчоха, перекриваючи хвилю оплесків та ентузіазму. — Відрубані руки і ноги знову зростуться в єдине ціле. Ідея, тьху, незалежності потерпить глобальний крах і прирівняється у людській свідомості до фашизму чи навіть до сексуальних збочень. Заборонений плід Імперії всім припаде до смаку. Мільйони людей тільки й чекають, щоб їх проголосили рабами. Щоб їх повели на будівництво пірамід, каналів, великих мурів і великих мостів. Тільки в Імперії людська одиниця знаходить сенс у своєму існуванні. Адже будь-яка Імперія — це велика мета. Тисячолітня Мета. Це підкорення світу, це комунізм, це безсмертя мумій у мавзолеях. Це сяйво сонць і правителів. Це вежа, яку будують десять тисяч років. Це сила армій, це спалення відьом, це рух народів, постійний та об'єднавчий. Це велике злягання народів, це поглинання менших більшими, слабших сильнішими. Це пам'ятники і міфи, це ріки, повернуті вспак, це торжество психіатрів, патологоанатомів, птахоловів...

— А як буде з Францією? — в черговий раз вискочив «Суворов».

— Казьоль! — заскрипіла «Катерина Друга».

«Суворов» інтимно обійняв її за талію, що було добре видно навіть з останнього ряду.

— У Францію ми переїдемо жити, — запевнив доповідач. — П'яти- і шестикімнатні помешкання з лоджіями в Парижі, Марселі й Ніцці отримають представники найвищого ґатунку, зокрема учасники сьогоднішнього симпозіуму.

— Куди подіти французів? — крізь оплески долетіло з амфітеатру.

— Депортуємо в пустелю Гобі, — не поліз за словом у кишеню Чорна Панчоха. — Можу принагідно зупинитися на проблемі депортацій, оскільки це буде чи не найважливішим чинником нашої внутрішньої, е-е, зовнішньої політики.

— Здогова думка! — потер руки «Ленін» і, витягнувши з кишені камізельки білясту цупку редьку, почав її голосно хрумкати.

— Отже, депортація, як відомо вам уже з нашої великої, та, на жаль, запльованої...

— Засраної, — виправив «Іван Грозний».

— Дякую, але це не так, — вклонився доповідач, — нашої героїчної історії, депортація є пречудовим засобом на будь-які національні проблеми. Головне переселити чукчів в Араратську долину, а молдаван на Землю Франца-Йосифа, хоч природніше на ній почувалися б австрійці. Крім того, пропонується здійснити кілька безпосередніх обмінів місцями компактного проживання: литовців із в'єтнамцями, швейцарців із китайцями, а угорців з уйгурами. Всіляко підтримуючи ідеї великого переселення, ми досягнемо виведення цілком нових і химерних націй та народностей з настільки покрученими назвами, що вони самі будуть їх соромитися: росіяків, укралійців, карело-мінгрелів, чербословатів, румунголів, нідербайджанців, швеків, гредів, французбеків, білошвабів, курдифранків, жиздоболів та карпатських русинів.

— А як буде з Ізраїлем? — підскочив по-кавалерійськи «Суворов», передбачливо вхопивши «Катерину Другу» за цицьку.

Матінка-імператриця на цей раз не сказала нічого, здивована такою несамовитою жвавістю перестарілого воєначальника, а Чорна Панчоха знову не розгубився:

— З Ізраїлем? Ми засадимо всю його територію кавунами!

— І гедькою, гедькою, обов'язково гедькою, — наполягав «Ленін».

«Анатолій» же «Іванович» так вдоволено закліпав своїм штучним оком, що здалося, ніби воно в нього справжнє. Бо він тішився, що недаремно зібрав цих славних людей докупи.

У ложах і балконах ширився ентузіазм. Амфітеатр захопила хвиля піднесення. Доповідач виходив на завершальний ураганний акорд:

— Великий Розпад буде зупинено! Великий Хаос буде переможено! Велика Симфонія поведе людство в тисячолітній похід. Ми захистимо наші святині непролазними хащами повзучих рослин і бойової техніки. Це буде єдиний оркестр тотального послуху й... — доповідач на хвильку затнувся.

І цього вистачило, щоб «Мінін-і-Пожарський», котрий досі виглядав майже неживим, дуетом поставив питання:

— А хто, а хто буде найголовнішим?

— Народ! — упевнено відрубав Чорна Панчоха, і всі зареготали.

Тобі знову робилося гірше й гірше, фон Ф. Це невпинне кружляння залу разом із ложами й балконами, разом зі стінами, ці процесії мамонтів, хвости комет і відчикрижені гігантські ґеніталії, тінями спроєктовані у простір над тобою, цей галас звіроподібних масок — усе вдавлювало тебе в поверхню стільця, позбавляло волі й розуміння. Здавалося, що голова, насилу пригвинчена до плечей, от-от зірветься з них і покотиться під ноги президії, востаннє вкриваючи все на світі чорною піною безсилих прокльонів. І коли хтось, підсівши до тебе, запанібрата ляснув тебе долонею по коліну, ти вирішив, що це, як і все інше, — тільки галюцинація. Однак у твоє вухо поліз досить уже знайомий безбарвний голос:

— Ну, як враження, Вільгельмовичу? Як, курва мама, усе це вам подобається?

То був «Сашко». На відміну від тутешньої публіки, був без маски. Вочевидь, не мав потреби конспіруватися. Єдине, що змінив, — це наклеїв тонкі арґентинські вусики, але вони щоразу відклеювалися і висли донизу, як макаронні вироби. «Сашко» ледь похитувався і взагалі мав якесь нестатутне блищання в очах.

— А мені твій жарт із телефоном страх як сподобався, — мовив «Сашко», показуючи великого пальця. — Сильно втяв! Мене після нього розжалували. Ти так на мене не зиркай, я, курва мама, теж українець! І трохи випив собі. Може, з горя, а може, з радості — кому яке діло? Та ти не відвертайся, не грай вар'ята, ніби ти — не ти. Я тебе відразу впізнав, Вільгельмовичу. Бо тільки ти міг одягнутися блазнем! Що, гадаєш,

мало я твою стилістику вивчав? Та я всі рецензії на тебе знаю напам'ять! Обіжаєш, курва мама!

І «Сашко» ображено засопів, як то звичайно роблять п'яні люди.

— Нє, але файно ти з тим телефоном приколов, — знову забулькав через хвилину. — І зі щурами! Повний абзац, курва мама!

— І що тепер буде? — запитав ти.

— Життя триває, братику, — відповів «Сашко». — Хоч мене в ньому і розжалували. Знаєш, старий, я тепер капітан. А життя триває, йоханий бабай, і ніхто йому нічого не зробить, навіть оці мудодзвони, яких ми тут з понтом охороняємо. Вибач, я трохи вмазав сьогодні.

— Сьогодні! — вторував йому доповідач, котрий, здається ніяк не міг кінчити. — Сьогодні! Наше майбутнє починається вже сьогодні! Якщо ми беремо на себе відповідальність, якщо ми хочемо рятувати Ідею, Державу, Вертикаль, Стрункість, якщо це так, то вже зараз, сьогодні, не зволікаючи ані хвилини, ми повинні...

Але не всі його слова було добре чути — зал реагував дедалі голосніше. До того ж заважало «Сашкове» сопіння.

— Прийшов мене арештувати? — запитав ти його.

— Життя триває, — відповів «Сашко». — Дерева цвітуть, парубки бігають за дівчатами... Але слухай, як ти замочив з отим телефоном! Весь атас!

— Тішуся, що тобі сподобалося, — скромно знизав ти плечима. — Боже, як болить голова! Як болить усе на світі! Чи існує хоч якийсь вихід?

— Немає міста без дверей, — процитував «Сашко». — Мені доручено вбити тебе.

— І тоді тебе поновлять у званні?

— Можливо. Однак не це головне. Головне, щоб я тебе вбив.

— І це для мене єдиний спосіб вийти звідси?

— Існує ще один, — «Сашко» хитро й багатозначно підкрутив обвислий вусик. — Але ти про мене погано не думай, брате! Я, може, цих кацапів не менше від тебе... шаную!

Тим часом піднесення у президії та в залі дійшло якогось несамовитого апогею. Чорна Панчоха виголошувала справді заключні віртуозно пророчі фрази.

— Зібравши всі землі та всі народи, згуртувавши їх воєдино, виконаємо волю великих отців наших! Бо перевертаються вони в самотині мавзолеїв своїх від того, що нині з їхнім спадком діється. Очима тисячоліть дивиться на нас космічна місія Держави. Тримаємо у своїх руках вирішальні карти для великої гри: телефони, посади, аґентів, комп'ютери, але головне — мільйони, мільярди людей, які хочуть і мріють бути рабами, які заради свого блаженного рабства вийдуть на площі та вулиці, бо немає вищої честі й вищої мрії для простого маленького чоловічка, ніж бути слухняним, саможертовним, гордим і приниженим рабом великої, надмогутньої, пірамідальної, підзоряної Імперії, що рухатиметься невпинно все далі на захід, руйнуючи їхні земельні наділи та котеджі, автобуси й телефонні будки, увесь цей гріховно-розпусний добробут анархічної людської одиниці — в ім'я наших золотосяйних мумій!..

— Як болить голова, — повторив ти, аж прищулившись від реву овації. — Яка жахлива пишномовність! Як багато слів з великої літери. Треба щось робити. Якось попередити хлопців...

— Попередити хлопців? — дихнув перегаром «Сашко». — А на більше ти неспроможний?

— Розумієш, я давно вже не писав віршів. Ані рядка. Ну, та ти знаєш про це... Що ти маєш на увазі, коли вимагаєш від мене чогось більшого?

— Існує ще один вихід. Але це мусить бути вчинок. Це мусить бути страшний, кривавий учинок. Море крові, ясно? Терористичний акт, курва мама! Ось що я маю на увазі...

— Я не терорист.

— Ха! — вибухнув «Сашко». — Іншого я й не сподівався! Він не терорист! Він узагалі ніхто!..

— Я не можу вбити людину, — винувато пояснив ти. — Із задоволенням убив би, але не можу...

— Ну, тоді все станеться так, як змалював отой, у чорній панчосі, — розчаровано зітхнув «Сашко». — Біда твоя в тім, Артурчику — дозволь тебе так іноді називати, — що ти завжди прагнув ухилитися. З межових ситуацій робив оперетку. І виживав, завжди виживав. Однак на цей раз тобі не ухилитися. Бо нам набридло за тобою спостерігати. Якоюсь мірою ти задалеко вліз. І виберешся звідси лише ціною свого виживання.

— Хто ти такий?

— Ніхто не знає про себе, хто він такий. Але цю штуку з телефоном ти...

— Перестань уже зі своїм телефоном! І не смій мене називати отим паскудним іменем!

— Овва! А що буде? Називав і називатиму! І нічого ти не вдієш, бо ти не можеш діяти! Так боїшся гріхів, що грішиш на кожному кроці, курва!..

Треба, треба щось робити, подумав ти.

А я справді так подумав, бо голова в мене дзвеніла шалено, і вся президія бурхливо святкувала з приводу завершення промови, а типа в чорній панчосі якісь здоровила в масках червоноармійців виносили з-за трибуни на руках. Патьоки гівна і крові стікали до підніжжя трибуни. І від усіх цих кнурів, дідів-морозів, піратів, крокодилів, кентаврів та комісарів аж мерехтіло в очах, і «Ленін» підкидав догори корону Російської імперії з пап'є-маше, а «Іван Грозний» витинав якийсь липкий фокстрот у парі з маленьким грубасом «Дзержинським». Скляне око «Анатолія Івановича» переможно світилося і навіть плакало від зворушення. «Суворов» цілувався з дупою «Катерини Другої». Тільки «Мінін-і-Пожарський» зоставався незворушним, бо це була всього лише копія пам'ятника з Красної площі, а може, й сам пам'ятник, притарабанений сюди з невідомою метою.

І тоді ти подумав, що врешті усе залежить лише від тебе. Що ти єдиний, кому випала така нагода. Що іншого виходу нагору все одно нема. Та й чи потрібен вихід обов'язково нагору? Куди завгодно, аби тільки звідси! Бо надто вже голова болить.

— Учинок, Артурчику, вчинок! — прошелестів поруч «Сашко», відпльовуючись від власного вуса.

— Ти помолишся за мене?

У відповідь він тільки зареготав. Реготав усім тілом, відкинувши голову назад. Ти сягнув рукою під його розстібнутий піджак. Спітніла сорочка, складки жиру на талії. Пістолет був удома — там, де завжди вони його носять у фільмах.

— Невже? — «Сашко» перервав регіт на недоспіваній півноті й недовірливо втупився у тебе.

— Зараз будеш мати вчинок, — сказав ти, ховаючи пістолет у простору кишеню плаща.

— Знаєш, як ним користуватися?

— Стріляв колись. По мішенях. На курсах офіцерів запасу, — відповів ти і рушив проходом поміж стільцями вниз, ближче до президії. Але, згадавши про торбу, повернувся. Узяв її й знову пошкандибав.

Хочу, щоб моя торба була при мені в таку хвилину. Хочу, щоб моя душа була при мені. Щоб моя порожнеча була при мені.

Сходинки втікали тобі з-під ніг. Зал обертався, амфітеатр їхав, іноді ти ловився вільною рукою за бильце стільця, за рило або за півнячий гребінь чергової маски. З балконів злітали вигуки, але то було щось інше, ніж досі. Щось там діялося нове — якась метушня, паніка, колотнеча, хоч унизу ще ніхто не звертав на неї уваги. Ти зупинився. Підняв догори руку.

— Увага! — сказав голосно як міг, але тобі здалося, що дуже тихо.

Однак невидимі механізми завмерли. Таємні осі перестали обертатися. Стільці й балкони спинилися, іржаво скреготнувши при гальмуванні. У залі запала тиша.

Тільки згори, з балконів, падали дедалі пронизливіші зойки. Але в напівтемряві не було видно, що там діється. Можливо, викрили провокатора і тепер копають його по ребрах. Це не зупинило тебе.

— Увага! — ще раз почав ти, водночас дивуючись, що людський голос може так тремтіти. — Я хочу сказати, що в мене дуже болить голова. Просто я мав сьогодні дурнуватий день... Ні, не те я хотів сказати...

Президія слухала тебе. Зблизька вони були не такими вже й схожими на тих персонажів, яких уособлювали. Вимальовувалося щось інше, поважне, ніяк не карикатурне. Очі, можливо. А може, все це тобі привиджувалося, блазню з червоною картоплиною замість носа.

— Я хочу сказати,— ще раз почав ти, — що мені ще ніколи не доводилося когось убивати. Навіть домашніх тварин. Так уже сталося. Тому прошу вибачити, коли що-небудь зроблю не так. Але іншого виходу не маю. Роблю це також в ім'я вашого ж народу, якому зичу тільки добра...

Хтось позаду виразно кашлянув, здається, «Сашко».

— Шаную велику російську літературу. Гуманістичні традиції. Богоносійство, богошукацтво. Богоошуканство. І, незважаючи на це, зроблю те, що зроблю. Тобто ні. Не іменем жодного з народів. І не в ім'я якогось одного народу. Своїм власним іменем. Надто вже голова болить, і треба з усім цим зав'язувати. Ще раз — увага! Я постараюсь якнайшвидше...

Промови, звичайно, не вийшло. Але постріли з твого пістолета залунали рівно і впевнено. Ти постановив прикінчити їх усіх — методично і послідовно, куля за кулею, постріл за пострілом, тіло за тілом, — пам'ятаючи, що надто багато часу в тебе немає і права на промах немає теж. Ти стріляв напрочуд влучно, а з балконів усе летіли жахні прокляття і зойки. Ти стріляв, як відмінник бойової підготовки, прекрасний у своїй нещадності, а з балконів і лоджій, та й просто зі стін, де спинився великий імперський похід тіней, стрибали на перелякані голови й шиї партеру здоровенні стратегічні щури, огидні й захланні, випущені за твоїм же наказом. Ти поклав усю президію, хоча крові не було ані краплі — тільки випріла тирса сипалася з їхніх прострелених дерев'яних грудей і черепів і безгучно кліпали механічні очі. І вони падали один по одному, згідно з послідовністю твоїх пострілів, — манекени, як виявилося, й тоді лишень ти зрозумів, що так нажахало тебе в них, коли ти підійшов ближче.

А налякало мене те, що то були символи.

Вони лежали довкола столу президії — всі, як один, включно з розповзлою «Катериною», і тільки пам'ятник Мінину-і-Пожарському залишався на місці. З декого ще сипалася на підлогу тирса, з декого вилазили таргани або всілякі штучні тельбухи. Усе це виглядало доволі гидко.

Ти озирнувся. Щури хазяйнували у КОНФЕРЕНЦ-ЗАЛІ, вмить роздираючи на клапті тих, кого їм вдавалося наздогнати. Біля дверей скупчилися десятки масок, які заважали одні одним, штовхалися ліктями і фалосами, дерлися кігтями, топталися копитами, лізли до виходу, хоча виходу ніякого не було і двері виявилися просто намальованими. Ти звернув увагу, як один із найбільших щурів, щуриний цар, ієрарх завбільшки так із добрячого псиська, шматував якогось невдаху у чорній панчосі. Проте, чи був це недавній доповідач, ти роздивитися не зміг. Бо замість рота він мав уже тільки чорну яму, з якої бухала на сходи важка і густа рідина.

«Сашко» незворушно сидів посеред залу. Щось мав над собою — якийсь легенький ореол, чи хто його знає що. Пильно дивився на тебе поглядом майора, розжалуваного в капітани. А може, поглядом неземної любові. Хто він такий? Ангел-охоронець, суворий і вимогливий, трохи п'яний? Чи не вологі від поту, шорсткі й болючі крила ховає під цивільною оболонкою? Чи не посланець він Бога — Того Самого, що про Нього ти іноді зле думав, але ніколи не переставав у Нього вірити? Саме час про Нього згадати, саме час.

Тобі залишилося скинути маску блазня. А тоді влучити собі у праву скроню. Принаймні з тебе не посиплеться тирса. Адже ти справжній. Адже ти не манекен, Отто. Адже іншого виходу звідси немає.

Неозброєний ангел з порожньою кобурою при боці вже повис над тобою.

Прощавайте всі, хто чекав на мене! Зрештою, я написав кілька незлих віршів. І взагалі був не таким уже й поганим хлопцем.

Куля ввійшла у скроню. Тільки потім ти почув звук пострілу.

Площа Київського вокзалу, Ваша Королівська Милосте, була затоплена. Цілоденний дощ, який не вщухав ні на хвилину, спричинився до великого виверження вод. Ущент забиті піском, попелом, трояндами, паперами, голубиним пір'ям, масками, мертвими щурами та іншим непотребом каналізаційні стоки не приймали вже нічого. Всесвітній потоп робився дедалі очевиднішим. Москва переставала існувати.

Видершися з метро, я опинився майже по пояс у чорних дощових водах. Тримаючись на поверхні лише завдяки волі і своїй торбезі, я сяк-так догріб до перонів. Бо я пам'ятаю про існування сорок першого поїзда. Він вирушає з Москви близько дванадцятої ночі.

За кілька хвилин дванадцята. Він вирушає з Москви, аби прибути до Києва.

Усе, що зміг я запропонувати провідникові, — це обважнілого напівживого сома, який невідомо звідки взявся у мене в торбі й невідомо що в ній робив. Здається, мені подарували його на якомусь представницькому зібранні. Таким чином я отримав свою законну третю полицю (але Ви все одно не відаєте, що це таке, Ваша Величавосте) в загальному вагоні (такими пересуваються в пошуках сенсу життя добрих три чверті Вашого знедоленого люду), розстелив на згаданій третій полиці свій плащ і останнім зусиллям пропхав бідне знемічніле тіло своє у вузеньку продухвину поміж стелею вагона й полицею. Тут я лежатиму, певно, аж до Києва, ховаючись від ревізорів, контрабандистів та прикордонників. Тут я нарешті заснув. Це сталося, як тільки рушив поїзд. І це триває досі.

Бо я страшенно хворий, Ваша Ясносте. Маю шалену гарячку, від якої губи вкриються на ранок лишаями. Розпухле коліно маю — певно, десь танцював і послизнувся. Маю безліч алкоголю у крові. Більше, ніж самої крові. До того ж маю кулю в черепі. Не далі як годину тому я, здається, покінчив із собою, пустивши собі в голову кулю з пістолета якоїсь радянської системи, мабуть, Макарова. І тепер цей чудовий, затхлий, повний розм'яклих тіл людських поїзд несе мене геть від Москви. Адже не можна довго засиджуватися в тому місті, де ти покінчив із собою. Слід обов'язково кудись пересуватися.

А я пересуваюся додому, Ваша Гідносте. Існує така країна, де живуть Ваші піддані. Розумію, Вам, народженому десь у тропічній Африці, на віллі «Україна», звиклому до Еспаній та Швайцарій, тяжко собі уявити щось подібне. Однак це правда, Ваша Милосте, — така країна існує. Вона не вигадана для Вас Вашими радниками, астрологами й капеланами. Адже найпримхливіша, найбожевільніша (людська!) уява мусить відступити перед справжністю цієї країни. Вона до болю справжня. І нічим не захищена від Сходу, навіть горами.

Якби свого часу Хтось, Хто Роздає Географію, порадився зі мною, то нині все виглядало б інакше. Але Він розмістив нашу країну саме там, де Йому схотілося. Дякуємо й за це.

І що зробив нас м'якими та вайлуватими, терпеливими, лінивими, добрими, що зробив нас байдужими, заздрісними, довірливими, зробив хитрими, боязкими, сварливими, зробив недбалими, покірними, співучими — дякуємо Йому, бо могло бути й гірше. Дівчат дав нам гарних. І негарних теж дав. Поетів незрозумілих, а священників недорікуватих. Короля дав нам далекого.

Іноді нам сниться Європа. Приходимо вночі на берег Дунаю. Щось таке пригадується: теплі моря, мармурові брами, гарячі камені, виткі рослини півдня, самотні вежі. Але довго це не триває.

Отакий він переважно є, Ваш народ. Іншого, Ваша Милосте, не маємо — ні Ви, ні я. Колись він і Вас, і мене любитиме. А поки що їздить у жорстких московських вагонах. Або спить по вокзалах — тьмяний, сірий, повільний. І що з ним станеться далі, не знаю. Проте дуже хотів би знати.

Бо я сьогодні не втікаю, а повертаюся. Злий, порожній, до того ж із кулею в черепі. На дідька мене комусь треба? Теж не знаю. Знаю лишень, що тепер майже всі ми такі. І залишається нам найпереконливіша з надій, заповідана славними предками: якось то воно буде. Головне — дожити до завтра. Дотягнути до станції Київ. І не злетіти к бісовій матері з цієї полиці, на якій завершую свою невдалу довколасвітню подорож.

Лютий–квітень 1992 р., Фельдафінґ

Літературно-художнє видання

Юрій Андрухович

Московіада

Роман

Художнє оформлення *Романи Романишин* та *Андрія Лесіва*

Головна редакторка *Мар'яна Савка*
Відповідальна редакторка *Ольга Горба*
Художній редактор *Іван Шкоропад*
Технічний редактор *Дмитро Подолянчук*
Макетування *Альона Олійник*
Коректорка *Уляна Мусієвська*

Підписано до друку 14.02.2023. Формат 84×108/32
Гарнітура *Noto Serif*. Умовн. друк. арк. 13,49.
Наклад 3000 прим. Зам. № ЗК-005420

видавництво СТАРОГО ЛЕВА

Свідоцтво про внесення до Державного
реєстру видавців ДК № 4708 від 09.04.2014 р.

Адреса для листування: а/с 879, м. Львів, 79008

Книжки «Видавництва Старого Лева»
Ви можете замовити на сайті *starylev.com.ua*
0(800) 501 508 spilnota@starlev.com.ua

Партнер видавництва

!FEST холдинг емоцій

Віддруковано АТ «Харківська книжкова фабрика «Глобус»
вул. Різдвяна, 11, м. Харків, 61011
Свідоцтво ДК № 7032 від 27.12.2019
www.globus-book.com